莉莉的梦想

Sweet Mandarin

甜甜

Helen Tse
[英] 海伦·谢 著
王秀莉 译

线装书局

目 录

前 言 1

第一章　小米口袋 1
第二章　酱油之乐 22
第三章　苦瓜 46
第四章　翠玉黑檀 68
第五章　爆竹展 91
第六章　莉莉的咖喱鸡 134
第七章　龙凤 168
第八章　梅布尔砂煲鸡 188
第九章　筹码，危机，薯条 207
第十章　罗汉斋 229
第十一章　甜甜 247

后 记 257
致 谢 263

前言

君以民为天,民以食为天。

莉莉,是我外婆。

1918 年,外婆出生在中国南方的一个小村庄中。接生婆因其出生而倍感挫败,她本来断言这个孩子一定是个男孩,因为这孩子还在娘胎时就踢蹬得非常厉害。伴随外婆一生的是她那独立的个性、充沛的体力和旺盛的精力。外婆现在八十八岁了,尽管她已历经世事,依然是一个身体健壮、睿智机敏并且固执坚决的女人。我和她非常像,我生活中取得的大部分成就,都是外婆和我妈妈梅布尔激发并促成的:我在学校成绩优异,在工作中取得成功,后来回归餐饮业,回中国进行寻根之旅,并在此过程中也寻到了外婆的根。她的故事就是我的故事,就是甜甜的故事。

我和我的姐妹们从一出生就处在中餐行业的环境当中——我们

姐妹是家族中第四代依靠食物来谋生的人。我们在家族生意中长大，这份家族生意建立在数十载的勤勉工作和艰苦谋生的经验之上，家里的人期待我们能放弃晚上和周末的时间，在柜台后面或是厨房中帮忙。所以，丝毫不奇怪，我们十几岁的时候，都一心只想着离开这里。我当了律师，我的双胞胎姐姐丽莎和我的妹妹珍妮特，一个从事金融业，一个则当了工程师。但是尽管我们一心逃离，到了最后却发现，我们还是选择了去追随外婆和妈妈的脚步。2004年，我们聚在一起开了我们的餐厅，取名叫甜甜。

曼彻斯特华人社区的朋友们全都不明白我们为什么要这么做。经营餐厅太耗费心力——营业时间长，工作强度大，收入不稳定。可能你刚刚还在赢利，但接着可能会发生什么意想不到的事情将你拖入赤字的泥潭。餐饮行业也是一个由男性主导的粗暴世界，所以，三个二十出头的职业女性，明明有着好学历、好工作，为什么要放弃这一切，冒险去做曾经奴役了她们的父母一辈子的行业，更何况她们都亲眼见过那一切？

我们在曼彻斯特的朋友们都是用尽了一切办法，来避免继承父母的餐厅或外卖店，甚至搬到几百英里外的地方居住，就是为了以免家里人打电话给他们，让他们急匆匆回去帮忙。只要住得近一些，他们的心里，就会对他们想要不顾一切逃离的东西承担着负罪感。

我的华人同辈中，回去经营餐饮业的人屈指可数。

他们觉得我们是在退步。餐厅开业时，我们举办了盛大的街头派对，燃放爆竹，请了专业的表演者，还开了香槟庆祝。而就在这种场合，我能看到他们都在无声地摇着头，否定我们做出的选择。不过，上一辈的人却能明白我们。我记得那些老人——在唐人街开餐馆和超市的老板们——对我们露出了满含尊重的微笑。那是一种感谢，感谢我们为新一代接过了火光摇曳的火炬，他们希望自己的儿子和女儿也能这么做，让这个社区继续充满生命力，将传统的秘方和家族生意的经营秘诀传承给下一代。

开办自己的餐厅，给我带来了这所有的一切，它不仅仅是一个检验我的创业运气的机会。这件事令我和姐妹们更加亲近，尽管在这本书中，代表姐妹们发声的人是我，但从一开始，她们便与我共同分享这份宝贵的财富，共同承担着甜甜的创业工作。这件事还令外婆和妈妈重新认识了我，在我们之间架起了一座桥梁，这桥梁不仅连通了我和她们，还连接了东方和西方、当下与过往。我开始懂得她们经历了怎样的人生，以及我这一代人对她们又有何意义。

在经营的过程中，丽莎、珍妮特和我遭遇了种种难题，不过，我们那些通宵达旦的辛苦，与外婆和妈妈的奋斗经历相比，真的不值一提。她们从香港来到英国的时候一无所有，身处异国他乡，举目无亲。她们所拥有的一切，都是依靠坚忍不拔的拼搏和努力换来的，而我们所拥有的一切，全都是她们创造的。

每个星期六早晨，外婆、妈妈和我就会到华人超市买东西。我们购买甜甜厨房所需的物资，购买我们自家厨房所需的食物。之前，关于外婆漫长的一生，我只知道最表面的故事，不过当我们开始一起进行这每周一次的购物之旅后，她生命中真正的故事便开始一点点地展现在我面前。我之前知道一些事情——不过都是家人口耳相传的一些逸闻趣事——但是现在，外婆经历过的那么多事的那么多细节，都开始展现在我面前。就仿佛，她在超市中拿起来的每一个瓶子、每一个盒子，都与她一生中的某个篇章相关联。而现在，她想要与我们分享这一切。当你的整个家庭都在餐馆工作的时候，食物便成了家族相册——一件能触发回忆开关的传家宝。

很少有故事记录内地的华人移居香港和英国的经历，但随着我发现了越来越多外婆走过的路，知道了越来越多发生在她身上不同寻常的事情，我知道，这是一个必须讲出来给大家知道的故事。很多在英国定居的华人也有着相同的故事，他们通过餐饮业在这片新家园中拼搏，创造出了属于自己的一片天地。

对于这个故事，不仅华人会觉得分外熟悉，全世界的移民都会有相同的感觉。他们离开自己出生的地方，在一个新的国家建造家园，常常需要费尽心血，才能够求得生存。我的故事是关于三代独立的中国女性，我外婆、我母亲和我自己的。故事发生在20世纪20年代的广州、30年代的香港，我外婆和我母亲经历过日本占领时期的恐怖，最后在50年代定居英国，直到今天。就像许多家庭一样，我们一直受到所生活的时代的驱使，被20世纪发生的那些出人意料的毁灭性事件震撼着，但是我们家中的女人们都活了下来，能够活着讲述她们的传奇。

其他的书没办法讲述这个故事，因为其他人没有我们这样的经历。就像拯救了我们命运的中国厨艺，我们家族的命运也包含了各种难以言喻的技巧和智慧。这本书是一本由心写就的书，想以感恩之心记住过去的几代人；这本书同样是一个见证者，见证过人类的善良，也见识过人性的残忍，还证明了人到底有多么坚韧。有时看来，造就了我的家族那些最优秀的品质的，似乎就是那最艰难的时代。

我将这本书献给大家，为了莉莉的咖喱鸡，为了梅布尔的砂煲鸡，为了罗汉斋，为了那些给我一个生存于世的机会的不平凡的女性。

干杯！

海伦·谢

第一章　小米口袋

中国广州
1918—1925

千里之行，始于足下。

我的外婆莉莉在广州城附近的一个以农业为主要营生的村子里长大。广州位于中国东南部，是珠江上的一个港口城市。珠江流经广州，然后流入一片三角洲地区，最后汇入中国南海。在珠江入海口的两岸，分别是古老而繁荣的香港和澳门。广州被称作"花城"，因为这里的气候温暖，潮湿多雨，鲜花一年四季开放，这在中国非常不同寻常。

根据当地的传说，广州城周围的花田第一次百花绽放时，有五位仙人下凡来此，他们骑着五只山羊，每只羊口中都叼着一穗稻谷。神仙将稻穗给了农民，并向他们承诺广州从此再无饥馑。之后，他们翩然飞去，山羊则被留了下来，化作石头，就是如今坐落在广州城中越秀公园内的五羊石像。这个传说很美丽，而且寓意着欣欣向荣，但是当我外婆于1918年出生在那片土地上时，她所见识到的，是极端的贫穷。

在我十几岁时，外婆和我会花上几个小时，一起欣赏她喜欢的那些华语肥皂剧。我几乎完全听不懂演员们说的台词，也看不懂那没完没了的简单剧情，但剧中那种民间传说的形式很容易让我追下去。每个星期，我们都会怀着期待的心情，把电视调到想看的剧集。有一个故事不断重复出现：当一个年轻女人付不起地主的租金，并且拒绝了地主的非分要求之后，邪恶的地主就会将女人和孩子赶出本属于他们的家。女人哭哭啼啼，然后一个英俊的会功夫的侠客就会大张旗鼓地来到村子里，救女人于危难之中。我当时十分天真，曾经问外婆，这是否和她知道的旧中国很像。"但愿如此啊！"她摇着头叹了口气。

她从没有详细说过她童年时经历过的贫穷，但是我知道，她和我不同，童年时的她从来都没有享受过温暖舒适的高床，从没有过储备充足的厨房。她身处的中国，还没有从第一次世界大战时期的灾难性创伤中恢复过来，那时中国广袤的土地上尸骸遍野。

外婆的父亲梁庆昌和她的母亲——被我们称作太婆，在战争爆发前很早便订了婚。这婚姻与爱情无关，不过是他们的父母达成的一项约定，订婚的时候他们都不过是四岁的孩子。他们的订婚过程严格遵循了被称作"三书六礼"的一系列中国传统礼仪，这套礼仪贯穿了从他们议亲到成婚的整个过程。在中国，自2500年前的战国时代开始，所有家庭，无论贫富，都要遵循这些礼仪。

六礼中最重要的一项是最先进行的。梁家的父母请了一个算命先生，他根据太婆的生辰八字和出生地点推算，认定太婆是合适的儿媳妇，然后他们便派出一个媒人，去向这个女孩的父母正式提亲。太婆和梁庆昌自幼便知道他们的婚约，在成长的过程中甚至还见过几次面。六礼中的每一项都有正式的仪式或文书。

三书中的"礼书"会详细列明新郎的父母送给新娘的聘礼细目。太婆当时十一周岁，从来都没有属于自己的私人物品，当她看到这一长串东西的时候，肯定觉得眼花缭乱。一包包茶叶和香料、莲子，一篮篮果实和红豆、绿豆，一瓶瓶酒，一轴轴发带，喜饼和各种美味佳肴，铺展在她面前。谁知道当时的她是不是能够明白接受这些东西的含义呢？不过，她在这件事上也没有什么选择权。

等太婆十四岁时，他们又请了一个算命先生，推算出了一个适合举行婚礼的吉日，日子是在一年后。在婚礼仪式的当天，三书中的最后一书会被呈上，确认并庆祝太婆被我曾外祖父所属的梁氏家族正式接纳。

在今天的中国，人们都与自己相爱的人结婚，但是我曾外祖父母在举行婚礼的时候，还几乎是陌生人。婚礼那天早上，太婆被她的母亲和姐妹们打扮得全身着红——这是为了吉利和好运——然后被送去新郎的家中举行仪式。她再没有回过娘家，按照当时的习俗和宗法，从那天开始，太婆就属于曾外祖父和他的家族的了。

据说，当时梁庆昌被那些正式的仪式吓坏了，整个婚礼过程中一直在哭，尽管太婆比他还小，却一直在努力地安慰他，让他安心。太婆家并不富裕，她的嫁妆只有一些手工做的厨具和几件家具。按照传统，新婚夫妇需要居住在新郎父母的家中，他们必须循规蹈矩。

他们不能公开表现出任何对对方的感情。太婆必须服从她婆婆的命令，并且侍候婆婆。她要负责家务活，也要到家里的田中去干活，但她最重要的任务是给这个家族生下一个男丁延续香火——其他一切都是次要的。梁庆昌和太婆很幸运，尽管他们的婚姻是遵从父母之命，但他们相处得很融洽，只是要面对来自梁氏家族的压力。

他们一同生活，一同劳作，彼此相敬如宾，很快便产生了爱情。作为儿媳妇，太婆在家中的地位是最低的，梁庆昌必须始终顺从父母，不过他一直努力做一个细心体贴、支持太婆的丈夫，陪着太婆度过了艰难岁月。他们当然有过艰难岁月。太婆先后生下了三个儿子，但三个儿子全夭折了，没有一个活到两岁生日。她为梁家生下的孩子有六个活到了成年，这六个孩子都是女孩。

外婆最初的一些记忆，就是关于她的弟弟们的死。她记得最大的一个弟弟，有一天晚上睡在小床上，第二天便没有醒过来，她忘不了母亲发出的凄厉叫声。乌云笼罩着这个家庭，之后的好几个月，父母都泪水涟涟，郁郁寡欢，家里所有人都不敢谈论发生的事情。

村民们以迷信的方式看待死亡，开始有传言说梁家被诅咒了。第三个儿子死去后，太婆要求搬家，她觉得他们家的小屋所在的那个地方肯定是被恶灵诅咒了，但没有人愿意买下那处房子——大家都知道死去男孩的事情，全都害怕如果他们买下那房子，自家也会遭殃。

对于生活在21世纪的西方人来说，要理解我曾外祖父接连失去那些孩子对他是多么大的打击，可能非常困难。在中国家庭中，甚至现在，男孩都像是国王一般。我家中兄弟姐妹四个，三个女孩，一个男孩，男孩出生得最晚，他的出生可以说是值得我们家大张旗鼓的事，虽然我们家还不是那么传统的家庭。因为他的出生，家中庆祝了好多天，十分隆重。这既是祝福孩子的未来，同时也是在庆祝他们终于有了一个男性继承人。这显示出了我们家族文化的影响——儿子是继承家业的人，当父母年老体衰无法工作时，他们也要负责赡养父母。所以，对我曾外祖父梁庆昌来说，失去三个儿子，真的是大灾。

梁庆昌的母亲指责太婆没能成功生养一个男丁，使得沉痛的家庭更加痛苦和烦恼。这真的非常残酷，但也是因为发自内心的恐惧——中国是一个父权社会，梁庆昌的六个女儿都没有继承权，所以，如果没有儿子，这个家庭就会失去自家所有财产、土地和产业的所有权。当我曾外祖父死后，他拥有的一切就会传给和他血缘最近的一个男性后代——可能是一个侄子——外婆和她的姐妹们便只能依靠命运的怜悯生活了。

梁庆昌还活着，家族的血脉还在延续，他的父母死后，他和太婆便继承了父母的房子和周围的地。那房子是用干了的泥坯建的，稻草屋顶。只有一个房间，地面铺了石板，孩子们就在房间地上玩耍，白天的时候，活计也都在这个房间里面做。到了晚上，他们就铺开席子，大家找到属于自己的那一条窄窄的位置。

这种局促的环境，意味着屋内必然有虱子和其他寄生虫，它们就在人们裸露出来的皮肤上爬来爬去。它们钻进这家人的头发里，咬伤他们的头皮和耳朵，促生一个个肿包。外婆告诉我，早晨，在把被子叠起来之前抖被子时，能够听到那些小虫子摔在石板地面上的咯吱声，虫子身体鼓胀且通红，体内是它们吸去的血液。

那个村庄在广州附近，但那片地区的气候不及广州城温和。那里一年四季都没有花，冬天漫长而寒冷，不论什么天气，梁庆昌的女儿们都要出去割草或收集干树皮，以供家里生火。如果没有足够的柴火生火，温度就会急剧下降。而其他的燃料都太贵了，他们连想都不敢想。

泥墙非常不顶用，雨季时，屋子内又潮又冷，外婆的关节饱受风湿的折磨。夏天，屋子内又热又闷，一家人在小屋内就像在蒸笼内一样，所以，天气暖和时，他们宁可睡在屋子外面。村里其他人家也都是如此。

2002年，我去广州的时候，住的酒店在一座摩天大楼里，大楼侧翼是一个商场，服装整齐、言语流利的售货员在最新款的服装品牌前站得整整齐齐，一眼望不到尽头。这片建筑位于一个复式立体交通枢纽中央，周围路上挤满了汽车，喷出团团尾气。短短几十年，中国就发生了好几百年才可能出现的进步，我想，梁庆昌和太婆如果活着应该是都认不出家乡的。

他们养育子女的村庄，遵循着延续了千百年的农业模式和社会风俗。人们在自家田地里耕种，自给自足。除了一些传统偏方以外，这里没有什么医药。村子和外面的世界没有交流，与世隔绝。生是农民，便意味着死也是农民，一代又一代的人都被困在这个贫穷的循环中，为了能够在饥荒、洪水和时有发生的土匪劫掠中幸存下来，所有人都必须辛勤劳作，只为了一个共有的愿望——让家人吃饱穿暖。

女人的处境更加糟糕。因为男性继承的父权体系，导致女孩成了累赘，女人都低人一等，人们都害怕生女儿。

这种源于封建社会的体系根深蒂固，孔子就提倡女子在家从父、出嫁从夫，这是儒家传统理论的一部分。儒家重视伦理，重视家庭，提倡尊重老者。总之，这是一套冷酷而逻辑严密的解决男人面对的问题的方法。甚至到了20世纪初，孔子的理论依然在中国绝大多数人中有着绝对的影响力，数千年当中，政权掌控者将对女人的控制和压迫也代代传了下来。

女性不仅没有权利掌控财产，也没有权利掌控她们为了家族兴旺而从事的工作，而且在有关家庭、亲族决定的时候，她们也无权发声。她们当然也都没有机会接受教育，这一直是外婆的遗憾——她是个聪明而充满好奇心的孩子。女人的一生，从出生的那一刻就都已经定了，她要嫁给父母给她选择的男人，她不过就是她男人的财产而已，没有独立的意志。

中国有句老话很好地总结了这种状况："嫁鸡随鸡，嫁狗随狗，嫁个扁担挑着走。"外婆的一生，注定是备受歧视的一生，是贫穷而劳苦的一生。

也许可以说，她还比较幸运，是这个乡下家庭的第三个女儿——说幸运，是因为这个时候，她的父母都还没有那么绝望，不会将她遗弃或是将她杀死，以节约家中缺乏的资源。那个时期，每年都有数以千计的女婴夭亡，仅仅因为她们是女孩，有的被毒死，有的被遗弃在荒郊野外，有的被闷死，有的被活埋；有些做母亲的相信，献祭掉一个女儿，便可以保证来年生下一个儿子。我甚至可以想象，她们努力地让自己相信，将女儿杀死，实际上比让她们活下来更好。不过还是很难勾勒出到底是什么样的情况造就了如此凄惨的命运，令人选择相信这样的想法。

梁庆昌的思想领先于时代，因为他坚信他的女儿们也该拥有自己的权利，尽管她们并不是期待已久的儿子，但也是家族的后裔，有益于家族繁衍。类似梁庆昌这样的人的努力，直到下一代人才有了成果，不过，这一切并没有白费。我的外婆继承了这一信念，她自信且果决，改变了自己的命运，也因此改变了她的女儿们和女儿的女儿们的命运。

我还上学的时候，就一直都清楚，我希望自己能够成为一个律师，不过我父母却担心，法律行业不是一个女性该从事的——那是一个男性的世界，他们一直都这么认为——但外婆给我的，却只有鼓励。她跟我讲了她小时候她父亲经常给她讲的一个故事，这个故事基本概括了他的信念：他相信耐心和坚持的价值，那就是会成就一个人的野心。

故事中,有一个老人对邻居们说,他要把家门口的两座大山移开,这样便能够有一条直接通往外面世界的路。他的邻居们都嗤之以鼻:"太荒唐了!一个人怎么搬得动那么多的土和石头呢?"老人只是回答说:"就算我死了,我还有儿子,还有我儿子的儿子。一代一代人接替下去,而这些山却不会变高变大,怎么不可能移走?"天帝被老人的决心感动,便命人搬走了两座大山。

这个故事影响了外婆的一生。她父亲总是跟她说,尽管她是个女孩,她也可以赢得在这个世界中的位置,可以给自己的子孙留下一笔财富,就像故事中要移山的老人一样。这是非常有价值的一堂课,当外婆费力地打起一桶桶水,帮助她妈妈忙着小棚屋中的家务,或是在田地中干活,这样的生活日复一日,而那个移山的故事肯定变成了她坚持下来的一首圣歌。

梁庆昌努力地同贫穷和饥荒抗争,全家一起努力,为了活下去而劳碌,辛苦耕作、灌溉、收割能够填饱肚皮的粮食。他们的衣服是简单粗糙的棉布衣,他们用的工具也都非常落后,反复修过多次,但是他们相依为命,因为他们都清楚,他们必须依靠彼此才能活下去。

村子里,总会有一群孩子,都是年龄很小的孩子,没有办法在田里帮忙,或是到当地的工厂去赚钱,他们也没有办法上学,所以有好几年都得自己消磨光阴。最初，外婆和其他的男孩女孩一起四处乱跑，常常惹麻烦，不过人们都说她是个脾气温和却非常倔强的小孩。

她脸颊肥嘟嘟的，因为冬天天气酷寒，经常是红色的。她有着东亚典型的比较平的脸型，鼻子肉嘟嘟的，像个小按钮，还有丰满的红嘴唇。头发梳成不太规整的小辫子，脸上总是挂着淘气的笑容，露出一排小小的蛀了的奶牙。到了现在，尽管年纪一大把了，她依然挂着那样的笑容，完全是出于调皮。而她的眼睛是她的标志，黑黑的，非常明亮，总是闪烁着好奇的光芒。你总会觉得她正在研究着什么事情——或是什么人——她的脑子正转个不停。

为了抵御寒冷，她身上穿着棉袄，也就是一件用深红色的棉布做的厚夹外套，那是她姐姐传给她的一件旧衣服。不知道怎么回事，莉莉的身形似乎总是撑不起那件衣服，她穿着那件衣服，就像个彻底的小矮子，引来村里人的笑话。大家都亲切地称呼她"米口袋"，总是充满慈爱地逗她。

"那是什么呀？"她穿着那件红色夹衣摇摇摆摆地经过，指尖勉强从袖子中探出来，领子已经高到她的耳朵了。这时，父亲就会开玩笑地问，"我可真从来都没有见过会自己走路的米口袋啊。快来个人抓住它，把它放到库房里头去！"然后，他就会追着咯咯笑着的女儿,绕着小院子跑来跑去,引得她发出阵阵尖叫和笑声,向他求饶。

家里没有钱买玩具,所以姐妹几个都玩"石头剪刀布",一玩玩好几个钟头。她们面对面站着,数着一二三,再伸出手,展示自己的出招。外婆把这个游戏教给了我妈妈,二十年后,妈妈又教给了我们三姐妹,在妈妈开车送我们去上学的路上,珍妮特、丽莎和我就在车后座上玩着"石头剪刀布"。这个游戏给我们带来的欢乐,与给那个遥远的村庄中的外婆带来的欢乐,并没有区别。

那个小村庄在一片开阔而平坦的土地上,那里河流纵横交织,河水都流向浩瀚的珠江。村子有三十栋小屋,大大小小不同规格,有些看上去坚固些。小屋都背依着一片湖水,每家屋后都有一段台阶直接通向水边,各家各户的女人都在那里洗洗刷刷。在村子的一端,有一座桥,过了桥是一条通向广州的路,每天清晨,农民们会聚在那里,希望能够搭上便车,好进城去找份工作。

尽管村子里生活艰难,但气氛却非常公开、活跃。每个人都了解其他人的事情,近一百个村民都有亲戚关系,要么是因为血缘,要么是因为婚姻。梁家紧挨着鱼塘,旁边是村子的猪圈。那些猪基本上是散养着的,能够自由地跑到猪圈的小院子里面,拱起地上的土寻找下面的食物,给小孩子们带来很多乐趣。

外婆和她的姐妹们胆子都很大,会去骑猪,进行一场小型的中国骑术表演——她们比赛,谁能够在那脾气暴躁的动物身上待的时间最长,谁就是冠军。外婆跟我讲起骑猪有多困难的时候,依然会笑得前仰后合。一只长成的大腹便便的猪,高度基本上和小女孩的身高差不多,它们背上的毛像铁丝一样,格外恼人。女孩必须追着猪跑来跑去,努力爬到猪背上,而她的朋友们会在后面追,拉着那畜生弯曲的尾巴,引得它们拱起背来,让它们跑得更快。

猪都很脏,所以骑手们最后都会脏兮兮的,因而,一天结束的时候,"米口袋"回到家时从头到脚都糊满了泥,臭气熏天。太婆不让她进家门,而是把她丢到鱼塘里以便把最脏的东西先洗掉。猛地灌进一口冰冷的水,便是对外婆调皮的惩罚了,但我很怀疑这是否能够让她放弃骑猪。

小屋没有厨房,但里面有取暖的火盆。村里在水井旁有一片公用的做饭的地方,女人们会在那里度过很多时间,那个地方是各种小道消息和八卦的温床。

做饭的地方,是一个很简单的泥灰做出来的灶,下面有一个灶膛,可以添木头或煤,从上层可以看到明火,在上面可以煲汤。汤是当时村民们的主要食物,里面煮些大麦、腌肉和碎豆腐。姜也会被扔到锅里,因为不仅可以保暖、杀菌,还能给乏味的肉汤增添滋味。

那明火上架的是铁锅,大大的,圆圆的。女人们用竹风箱鼓风,吹得煤渣慢慢变红变热，燃烧起来，火焰足够大时，能够蔓延到锅底的四周，从而将翻炒后食物的原味封存住。这一程序叫作炝锅，需要一定的技术，锅也成为厨具中最重要的一件。你可以在锅里炒菜，也可以焖鱼，将整条鱼全焖在里面。灵巧的厨师翻炒食物时散发出的味道十分醉人，会传遍全村，引来一伙儿饥饿的人。

在火下面还有一个灶，女人们用来做豆子饭或米饭。年头不好、存粮有限的时候，红薯也会拿来充饥。红薯能够在不那么肥沃、种植不了更有价值的农作物的土地上生长，一小片土地就能产出很多。红薯通常带皮烤，烤的过程中红薯渐渐变软，还会散发出一股糖的气味。剥掉皮，里面的瓤能够做成甜甜的滚烫的糊糊——那是真正令人感到安慰的食物，即便并没有太多营养价值。

我能想象，那些在冷冷的田里辛苦劳作了漫长一天的人，吃到这样的食物，会感觉有多么美味。你会飞快地往下吞，虽然会烫到嘴，但能感觉到食物一路向下滑入你空虚的、饿得咕咕叫的胃里。当村民们绝望无助时，红薯帮他们抵挡了饥饿。但外婆还记得，吃红薯会使人放出臭烘烘的屁——也许因此，红薯没有流行起来——当全家人都挤在一个小房间里面，肠胃胀气可是你最不想发生的事啊！

一年当中的大多数时间，他们的食物都寡味而单一，只有酱油拌饭。大餐宴会隔很久才会有一次。所谓的大餐，也不过是家中积攒很久之后，放肆地吃上一次腊肠。那是一种干干的肥肉肠，一节一节，穿成一串，油腻腻的，有点像是甜味的意大利萨拉米香肠。腊肠是留着在春节的时候吃的。到了春节，用软软的白米饭打底，铺上一层腊肠，腊肠渗出的汤汁浸润了米饭。外婆回忆起这道饭，回忆起她和亲朋们把每一粒米都吃掉，不放过每一分腊肠的美味的时候，心中依然会狂喜。

做好饭后，各家将食物从做饭的地方带回家去吃。食物摆在小小的木头桌子上，众人都一手端着一碗米饭，另一手拿着一双筷子。外婆说起童年生活的村庄时，最先记起来的便是食物的味道，她记得那味道从村子中心的大锅中悠悠飘出，顺着棚屋中间的小巷子，将孩子们吸引回家吃饭。

那是非常简朴的生活，仅能糊口而已；但是，尽管生活艰难，那时候的快乐也是特别纯粹的。一天天、一月月、一年年，日子慢慢地过去，终于，外婆可以干活了。就在村子几百年都没有变化的同时，工业革命却已经从大城市中蔓延开来，也开始慢慢改变附近村庄中的生活。丝织工厂如雨后春笋般出现，以新的生产方式开始扩张，用越来越便宜的丝绸席卷世界。这些工厂需要便宜的劳工。

很多家庭开始将工厂当作收入的来源，梁庆昌也不例外。他的六个女儿每天早上都要在那座桥的另一边等着，搭上便车去广州，到丝织厂找活干。外婆第一次跟着母亲和姐姐们踏入工厂时，才不过五岁。

每当外婆谈起工厂里的日子，她的脸上便阴云密布，我能够看得出来，尽管她的记忆已经模糊了，但那些痛苦依然挥之不去。女人们和小孩们每天在工厂里工作十二小时，没有休息日，周围都是咣啷作响、震耳欲聋的机器，喧嚣、诡异。外婆从来都没有见过这样的东西，她被吓坏了。

蚕茧泡在装着开水、冒着热气、不断翻滚的大缸中，泡软之后就捞出来，由年龄最小的孩子负责缫丝，他们的手指小巧而灵活，最适合从中挑出蚕茧上的丝，这之后才能够进行下一道工序。

太婆和其他女人在铁做的织布机上把丝纺成线，然后绕到线轴上。大缸中一直煮着开水，工厂里热气腾腾，非常潮湿，以确保那宝贵的丝线不会干裂断开。工厂几乎没有通风设施，所有人都呼吸困难。女人们在织布机间走来走去，前后摇晃，一串串的汗珠从她们的额头滴落，落在丝绸上。丝绸一点点卷成卷，堆在地上，越积越多，全都是工厂老板们的利润。

所谓的工人权益，是没有的。工厂主的权力和封建地主的权力相当，他们恣意妄为地剥削着妇女和孩子。有一个短暂的时期，一班工人被强迫每天工作十六小时，工厂主给出的理由是：为了救中国，中国人必须要比日本人更努力工作。孩子们的手指因为长期接触热水都被烫得脱了皮，而精细的丝线也会割伤女人们的手，但是他们没有选择，只能继续工作。

广州气候潮热，到最热的时候，室内的情况会变得更加恶劣。工作当中没有休息时间，孩子们必须一直坚持十二个小时的班次。有一天，外婆熬不住，晕了过去，摔倒在地板上。她一直睁不开眼睛，工头抓住她的手，把她的手揪着插入一口大缸想以此让她清醒过来——毕竟，必须杀鸡儆猴，给妨碍生产进度的人看看后果。

她的手肿了起来，起了片片水疱，这个五岁的孩子痛苦万分，放声大哭。别的孩子和女人都没有出来帮她说话，或是找个借口把工头引开，甚至她自己的母亲也不敢做任何事情。年幼的外婆也明白，她不能反抗，否则她母亲和姐姐们就都会丢掉工作，有成百上千的农民等着填补她们的空缺呢。

后来，她母亲过去哄她，但是她一直哭啊哭啊，最后哭着睡着了。父亲曾经跟她说过移开两座大山的老人的故事，未来会有美好的生活，小女孩用这些想法来让自己变得坚强。

就在那段日子，梁庆昌决心想办法让家里的日子过得好些。尽管他和其他村民一样在田地里干活，但是他有野心，因而与众不同。梁庆昌有了一个打算，并要付诸实施，而其他人都还在继续着父母的营生，不知道是因为害怕改变还是因为懒惰。

我很愿意认为，梁庆昌不屈不挠的精神，是一种在我们家族中代代相传的特质，一直传给了他的曾外孙女们。在20世纪50年代的英国，外婆凭一己之力，从一个一无所有的移民，变成了一家生意兴隆的店铺的老板；70年代，我的父母则改变了家族生意的方向；而梁庆昌是最早改变的，他将我们带离了乡村那种一无所有的循环。

他放手一搏，决定不把黄豆卖到当地的市场上去，而是自己酿成酱油——这种产品价格贵很多，他可以卖给出价最高的买家。他在一小片田地旁边建起了他的小作坊，一个处理豆子的小屋。他雇了十个人干活，因为没有钱付薪水，他向他们承诺，在之后半年给他们提供足够多的稻米和豆子，让他们的家人能够吃饱。他们也可以把那些稻米拿到集市上换其他的物品。

这些人像梁庆昌一样，全是拖家带口的普通农民，但现在广州地区的佃农越来越多，他们的日子变得很不好过，所以很感激我曾外祖父提供的机会。他们适应能力很强——不得不如此——先是建起了小屋，接着练就了熟练的技术，成为作坊里的顶梁柱。

梁庆昌的行动计划非常简单，但是奏效。那个粗陋的小作坊建好后，他将手下的人分成了两组，其中三四个人负责收割、研磨黄豆，剩下的人则负责繁重的打水任务——水是用来稀释原浆的——和搬运拖拉装着酿好的酱油的大桶。

从第一天开始,梁庆昌去作坊时,都会碰到一群绝望的劳工来找活干,每天都是不同的人。他们说只要有活干就行,可以给的比原来那十个人少,要求的报酬只要够果腹就行。但我曾外祖父还是忠于原来的工人以及自己和他们达成的契约。他实实在在地付报酬,他们也全心全力地干活。酱油便开始滚滚流淌。

在这个时候,梁庆昌开始盘算起了第二次豪赌。他必须要给他的商品找到买家,很显然,广州的饭馆、饭摊儿应该是最先去尝试的地方。但是他决定要看得更远些,以一种开垦处女地的眼光,为了提高利润,他雇了一条船,顺流而下,去了香港。

在20世纪20年代,香港欣欣向荣。内地的生活越来越朝不保夕,古老的农业体系遭到了新的工业文明的冲击,而这个时候,香港却变得如同一个安全的庇护所——稳定而繁荣。对移民来说,到达那里已经变得非常便捷而且便宜,香港城里的工人数量正呈现不断增加的趋势。广州也将大部分的当地产品通过珠江运到这里,填满它的胃口。而对大胆的生意人来说,好产品的销路是有无限潜力的。

有时,那些涌入香港的工人非常幸运,能够找到活干,找到舒服的地方居住;不过,通常情况下,他们会发现这里的薪水比过去在内地的时候还要更低,生活还要更贫穷。海员和工人的情况是最糟糕的,他们挤在比监狱好不了多少的地方,可能要和十几个陌生人一起租一间房。

房东都不择手段,将房间按照小时来租,有些大胆的水手会在出海期间将他们的床位转租出去,收取贵重的威士忌和香烟作为租金。每天,他们这些人靠着大米稀饭果腹,那是一种没有什么味道的粥,他们早饭、午饭、晚饭都吃这个,这种单调的食物似乎要吃到永远,不知道什么时候是个头儿。

梁庆昌从广州顺珠江而下时,等待他的香港就是这个样子。那些年,物价飞涨,但是工人的薪水却没有变化,梁庆昌在香港的大街小巷穿行时,感受到了工人的情绪。1922年,他见证了水手的大罢工,当时中国工人向政府提出抗议,要求与外籍工人同工同酬。

他从来都没有怀疑他那农民的信念:他认为无论多么艰苦,都必须干活。但是现在,他看到了一整个城市,从公交车司机到工厂工人,从公司职员到水手,全都团结一致。

我猜,那次罢工教会他两样东西:一是中国民众的力量,以及纯粹的意志的力量能够创造出的东西;另一点便是,中国人,无论口袋里面有没有钱,都爱吃。在罢工期间,餐馆食肆都欣欣向荣,从示威人群身上大赚了一笔,令餐饮业的所有人都放下心来。

餐厅的生意扩张迅速,在每个经营餐饮的地方,从高端的餐厅,到最底层的路边摊,每张桌子上都放着一瓶酱油,每道菜都需要梁庆昌的独家秘方调味。

他陶醉地向太婆畅想未来,说他们家搬到香港之后会过上怎样的新生活,他的眼中闪烁着熊熊的野心之火。一切都非常顺利,如果他的预感是对的,他要把他的酱油推销给他能找到的每一个厨师,想想前途,真是激动人心。

这个家庭,正走在繁荣的路上。

第二章　酱油之乐

中国香港
1925—1930

人之初，性本善。性相近，习相远。

2002 年，我住在香港，是一名律师，我发现这个城市令人亢奋，又令人无法抵挡，时刻侵袭着我的感官。到香港的最初几个星期，外婆、我父母、姐妹和弟弟都来看我，我们一起去探索这个城市。香港节奏快，四处都是忙忙碌碌的人们，他们以疯狂的速度穿行在优美的老式建筑和现代摩天大楼组成的背景中，整个城市熙熙攘攘。如果在街角停下片刻看看风景，或是感受一下那里的气息，你就会引起拥堵，人流是无法阻挡的。

妈妈一直热衷于让我去拜访她成长的地方，那对她来说有着特殊的意义。然而，她并没有想到一切已经完全不一样了，来看我时，她被这个城市的变化吓了一跳。

很难想象，自从 1925 年，外婆第一次看到维多利亚港上方的那座城市时，这里到底发生了多少变化。那时候，外婆是一个七岁的小女孩，坐在她父亲的膝盖上，瞪大了眼睛四处张望。他们乘坐的从广州来的小渡船，正在港口起伏不定的水域中摇摇摆摆。梁庆昌将家搬到了香港。

维多利亚港是全世界最深的海运港口之一，占领时期，英国都将它作为一个避风港，帮助各种大大小小的船只躲避太平洋猛烈而又难以预测的风暴。在港内穿行或是从珠江一路而来的渡船，绕着巨型商轮和时髦的寻欢作乐的游艇进入港口。越过这些船只，外婆能看到，更远一些的地方有一艘耸着炮塔的灰色战舰停泊在那里，就像一头睡着了的巨鲸一般。

为了安全，他们乘坐的小船紧贴着海岸线行驶，一路穿过零落的小破渔船，这些船拖着松垮垮的索具，船身被渔网、水桶和板条箱压得很低。船员们懒洋洋地待在甲板上沐浴晨曦，他们的渡船经过时，这些人会站起来，喊出打招呼的话，举起他们的货物，希望能吸引渡船上的乘客的注意。

这段旅程，梁庆昌走过很多次了，知道该如何友好又自信地摆动手臂拒绝他们。外婆的视线越过人群，望向码头后面蜷伏在高高的青山脚下的城市。这个小女孩过去所在的小村庄只有几栋一间屋子的小房子，此刻眼前，大街小巷的两侧全都是巨大的建筑，每栋房子里都住了几百人,这是她难以想象的。她没有办法接受。

城市一路侵蚀,深入环绕着港口的葱翠的绿色森林,她看到一条蜿蜒的路,在这里新冒出来,又在那里消失,融入山顶的迷雾当中,就仿佛这座新的都市一路盘旋,通向了天堂。她看到房子岌岌可危地立在悬崖边缘,很担心那些房子会被风吹下来,跌入下面的港湾,摔成碎片。

村里的空气是尘土飞扬的,干燥的,但是到了香港,空气便变得沉滞而火热,还透着海洋咸咸的气息。在渡船引擎的噼啪声、海鸥的鸣叫声和远处船只的汽笛声中,外婆开始分辨出港口本身的喧嚣声。

人们冲着码头工人喊出命令,锁链咣啷作响,绳子吱吱呀呀,都缠绕在装满货物的柳条箱和大桶上。吊车的声音轰隆隆,沉闷单调,将货物吊到岸上。四处都是人,前突后冲,喊叫着,抽着烟,冲冲撞撞,开着玩笑。这一幕令她心跳加快。

他们顺着一架木头梯子爬上一座高高的水泥码头,然后便第一次踏足新家园。梁庆昌将船费付给渡船工人的时候,这一家人围绕着他们寥寥无几的财物挤成一团,惊奇地盯着周围。渡口附近的街道传来阵阵喧嚣声,来自各个国家的水手用外婆从来都不知道的语言与码头上的中国工人争执。

外婆第一次见到英国人,她不由得看了两次,然后死死地盯着。那人看上去就像是个巨人,似乎比她父亲高一倍,眼睛圆圆的,还长着浓密的金黄色胡须,他身上穿着的亚麻布西装硬实笔挺,就像是用纸做出来的一样。"我惊得都合不拢嘴啊!"很多年后,她这么告诉我。她一直目不转睛地望着那英国人从她身边经过,离开码头,走入黄包车和汽车中间,最后消失了。

外婆看着眼前的情景,她一直紧紧抓着父亲的衣服。这里有那么多声音,那么多需要搞懂的东西,她从没有见过,哪怕是在广州城的丝绸工厂里。吸入了那么多新鲜的海上空气后,她开始觉得饿了。自从离开家,他们就没有吃过东西。此刻,她的味蕾被冰镇鲜鱼和在小火上慢烤的叉烧肉的味道刺痛了。各色店铺中间散布着很多小饭馆,渔民、港口工人、水手在其中狼吞虎咽地吃着热腾腾的食物,莉莉看得心生艳羡。

七十七年后,当我站在当年只有七岁的外婆所站的地方,如今焕然一新的湾仔,我不得不用我的意识之眼去召唤那些画面。眼前这栋巨大的现代化建筑,弧形的屋顶就像是乌龟的壳子,玻璃墙闪闪发光,它所立足的土地,在外婆的年代还是沧海一片。我不知道哪一个更加虚幻,是此刻我眼前的东西,还是外婆曾经在此见到的东西。一切都天差地别。

就在这时,出现了一个孤独的小贩,他推着一辆装满熏鸡肉串和烤鸡肉串的小推车,从装着反光玻璃的建筑前经过,食物的味道直达我的胃部。突然间,我全身都感到了饥饿,就如同外婆在1925年站在码头上的感觉一样。有些东西从来都没有变化。

不过,不管饿不饿,外婆都没有机会再站在码头边多看一会儿人来车往。面对此情此景,太婆如临大敌,让女孩们手拉着手连成一长串。梁庆昌带着她们踏足陌生而狭窄的街道,向他们位于湾仔区中心的新家而去,那里是香港的人口居住中心,在香港岛的北部。

梁庆昌已经对这个城市的景物和喧嚣司空见惯,充满自信地在前面带路,他的妻子和女儿们生怕有危险,紧跟在他身后。路上的自行车、手推车和黄包车都在争抢着要挤出自己的路来,而他们要在这所有的车流中找到路。路上还有汽车,在那一天之前,外婆从来都没有见过汽车。而更令人惊惧的是,窄车身的绿色有轨电车驶过,轮子轧在轨道上,发出阵阵刺耳而惊心的尖叫。有轨电车司机当当当敲响车上的钟,惊散了挡路的行人,他们也都跳到一边。

在村子里,人们并没有什么紧急的事情,很少会急匆匆赶路,更别说跑了,但是在香港,这里的人们似乎都以两倍的速度移动。一家店铺又一家店铺,没有休止,不断重复,挂着一串串的灯,长长窄窄的招牌上用中国字写着店铺的名字,他们迷迷糊糊地走在这样的背景中。

有些店铺门口堆了一堆堆布料，五颜六色，缤纷夺目；有些店铺中是琳琅满目的小玩意儿，令人眼花缭乱；有些店铺中有一排排巨大的锅；有些店铺则有一箱箱外婆根本不认得的蔬菜，还堆着一袋袋的大米和干货。

红色和金色的灯笼悬挂在头顶，小贩们不断高声叫卖着自家店内独有的特色产品，想从经过的潜在客户中找到大买家。买东西的人和摊子的主人大声地讨价还价，将一个木头算盘推来推去，这样那样地拨弄着算盘珠子。顾客先设定自己的出价，然后摊主抓过算盘，拨动算珠，往上加价。经过一番激烈的你来我往，交易双方突然间便达成了默契，一切尘埃落定。

外婆思绪万千，如潮水般涌现的新事物令她迷惑，有那么多东西要看、要闻、要品尝，周围的人一直都嗡嗡地说个不停，为什么这些人没有不知所措？他们在做什么？他们为什么要匆匆忙忙？他们都是像她一样的中国人，但是他们的姿态，他们的举手投足，都是不同的。他们的穿着也是不一样的；她零星听到了一点对话，他们的口音，听来也如同外国话。

她紧紧抓着姐姐的手，跟着家人，在满是行人和车流的路上艰难跋涉，在只能看到一线天空、挂满晾衣绳的窄巷中穿行，仿佛走在巨大的蜘蛛网下面，小贩们的声音在小巷和小广场中回荡着，引发疯狂而令人迷惑的回声。

他们走了不到四分之一英里，碰到一个小贩将一笼鹦鹉推到路边，外婆望着满笼鹦鹉，被吸引住了，整个人呆住了，不知不觉放开了姐姐的手。她对眼前鸟儿身上那绿色和金色的羽毛大感惊奇，这是一片模糊的记忆中如水晶般闪亮的画面。当她环顾四周，才发现其他人都不见了。

她周围是行人的腿组成的一片密不透风的森林，她看不到上面的人，她在原地打转，茫然若失，体内的肾上腺素增加，嘴中泛起一股金属的味道。她孤身一人，被周围的人群推来挤去。热泪从她眼中滑落，她轻声唤着妈妈，然后又开始大声叫出来。没有人应声。

突然之间，她感觉到了一种熟悉而沉重的重量，那是父亲的手落在了她的肩膀上，她又听到了他的笑声。父亲将脸上挂满泪花的女儿一把拉起，扛到肩膀上，高高地，高过人群。

"好了，米口袋，没时间哭了，跟上呀！"

湾仔的意思是小海湾，最初本来是个小渔村，却是城市发展最早的地区之一。湾仔的地面上挤满了摇摇欲坠的木头小屋，都是典型的中国平房的样式，上面用浮木和波纹铁搭出了附着的阁楼和房间。越过这片平房，是统辖港岛的显眼的白色建筑，都是两三层的房子，高高的，有凉爽的长露台。湾仔的贫民窟非常大，但对一个乡下的孩子来说，有一种熟悉感，不过宽阔的街道和广场又使城市有一种大堡垒的感觉，在喧嚣的街巷和棚户区之上维持着一种严密的秩序。

梁庆昌安排妻子和女儿们住进了他和堂兄家合住的房子。他的堂兄是个厨子。那个地方可不是什么宫殿，尽管香港的城市规模令外婆迷茫，但是她还记得，他们的新家所提供的空间和私密性还不如他们离开的村子里的那个家。

两个家庭共用一个低矮的只有一间屋子的房子，上面是锡制的平板屋顶，中间由一堵临时的隔断墙分成两部分。房子只有一个窗户，梁庆昌的堂兄住在有窗户的那一半，太婆和女儿们都生活在黑暗而憋闷的另一半。那里根本没有空间放家具，也没有空间放他们带来的小玩意儿。不过他们只有最基本的生活必需品，倒也没有什么问题。

到了晚上，两个家庭的成员都头顶着脚地睡在地板上，但睡觉的安排其实有些复杂，因为从风水上说，睡觉的时候脚对着门不吉利，这意味着那个人会早夭。因此，睡觉就像一个巨大的解谜游戏，每个人都努力让自己的身体朝向正确，并且在那个狭小的空间中安排好自己的四肢——经常有人一半身子在屋内，一半身子伸到了门外。

外婆还因另一个新的恐怖的发现而噩梦连连——老鼠。有一回,她猛地惊醒,发现有一只老鼠正啃着她的头发。从那之后,她就一直睡在家里人用来放被褥的木头箱子上。

和许多新到大城市的乡下人一样,外婆和家人保留着他们家乡的习俗,遵循这样的习俗,令他们有一种稳定感,得以去面对城市的文化冲击。太婆是一个虔诚的佛教徒,非常相信占卜和风水,她还让整个家庭继续坚持其他一些古老的行为,比如针灸、拜祖先。

她依然继续过传统的节日,喜欢吃中药,不愿意尝试西药。而最特别的是,她依靠练习太极来保持心灵的平静。太极是一种以呼吸和冥想为基础的锻炼形式。

太极大约是中国古时候的出家人发明的,因动中有静,是一种"心功",吸引了很多练习者,人们都将它看作一种内观的武术。每天早晨五点钟,太婆就会唤醒家中所有的女人,然后一起赶到附近的公园,和其他女人一起,在清晨的阳光下打太极。

各种身形、各种年龄的女人,全都参与到太极当中,以一种迷离的状态开始那种舒缓的运动,流畅地舞动胳膊,摆出合适的姿势,每一招每一式,她们旋转身体,谨慎地移动双脚,轻缓地呼吸。莉莉总是跟着人们一起,那些美丽而优雅的动作令她着迷,所有人的动作都整齐划一，尽管并没有领队指引。

1999年，我刚搬到伦敦的时候，想找一些新方式交一些新朋友，于是我偶然间开始练习太极。妈妈经常鼓励我打太极，她觉得这是一种非常好的锻炼方式，去做"真正的运动"不会把自己弄伤。而那个时候，太极在伦敦是非常时髦的东西——在所有人当中都很流行，不仅仅是中国人中间。

我找到了一个学习班，授课地点在北伦敦的一座老教堂里，离我住的公寓不远。我的同学是一群嬉皮士，有穿着五颜六色松垮裤子的音乐人，也有追求世界和平、热爱干果蛋糕的素食者。他们发现我热爱牛排，职业是个商业律师，于是一切就像是铅球一样沉到了谷底。

更雪上加霜的是，大多数人问我的第一个问题是："你是哪里人？"我回答说："曼彻斯特。"他们全都非常失望，然后再度尝试："我是说，你的父辈是哪里人？"最后我终于屈服，回答说："中国香港。"他们就会露出满意的笑容。似乎一切就都讲得通了。"啊，你是中国人。"

作为班里面唯一的中国人，我因而赢得了一些口碑。有些人甚至认为我在那里是做助教的，或者，认为我是个香港的太极拳大师，来做访问交流的。当我们闭上眼睛，开始统一地呼吸，从一个动作变换到另一个动作时，实际上，我心里面在想着班上的一个新西兰学生，我对他有些一见钟情。我希望太极能够令我们更加亲近。

几个月的课程之后，我得知他有个做模特的女朋友，因而灰心沮丧，于是便放弃了太极。这些可能确实对我的身体有益，但是对我的自信没有什么好处！

太婆对太极要严肃得多，她需要用太极来放松，以及帮助自己静心凝神。早晨的这段冥想能够帮助她清空那些日复一日的烦恼，不再担心钱或梁庆昌的生意，以及与他堂兄一家共用一间陋室的冲突。她指导女儿们练习，这样她们就会长得强壮和漂亮，而且，她相信这有助于增强她们的免疫力，让她们在湾仔的贫民窟中保持健康的体魄。她甚至说坚持定期练习能够提升她们的品格，令她们意志坚定、充满魅力、保持好心情。

外婆并不是一个认真的学生，她的姐妹们轮流指点她，但并没有什么帮助，她们总是在她努力凝神的时候用脚戳她，令她发笑。但必须得说，太婆和其他女人都体会着太极带来的凝神之功，不过她们也利用晨间的练习来闲话八卦、交流趣闻。我觉得这种闲话给她们带来的疗愈力量，和武术练习中的能量流转所带来的力量毫无二致。

回到小屋后，太婆便在一个小厨房里面准备每天的第一餐饭，那狭窄的小厨房只能容下一个人。厨房内有两个小炉子和一个小小的生锈的水槽。一个简陋的小橱柜挂在墙上，摇摇欲坠，墙皮也已经开始剥落，如果你偶然间撞到墙——这在这间小厨房内经常发生——就会有一块块的泥从墙上掉落下来，落入下面的食物当中。

刚来的时候，太婆想要把橱柜里面的东西整理一下，想办法挤出一点空间来，但是橱柜的门油腻腻、脏兮兮、黑乎乎的。另外，更令她不敢相信的是，她听到了橱柜里面有老鼠吱吱的叫声。她再没有打开橱柜的门。

太婆本来是自家的女主人，但现在完全变成了梁庆昌亲戚家的依附，需要依靠他们家的钱和栖身之所。她不过是一个不受欢迎的客人，必须努力让六个女儿听话。她觉得自己就是一个没有报酬的仆人，承担着绝大部分的家务活。因为乡音严重，她找不到赚钱的活儿干，不得不留在家中，让女儿们待在她身边，她发现让她们出去外面非常危险。城里面没有类似村子当中的那样温馨的公用广场。她孤单得要命，觉得自己就像个囚犯。

最后，她在食物中找到了自由和独立——真是我们家族的典型啊！她自愿去采购两家人所需的蔬菜杂货，每天出去享受那么一阵子自由，一切都可以自己做主，她能选择最物美价廉、能够负担得起的蔬菜和肉，和摊主们讨价还价，坚持自己的主张。回到住所之后她就没有办法这样了。所以，很快，这段时间对她变得神圣起来。

那时和现在一样，香港的水果和蔬菜店都蔚为壮观。摊子上有多种不同的蔬菜，一捆一捆的，各自堆成堆儿，任人挑选。太婆会以专家级的眼光审视，从中挑出捆得最紧实的白菜，白白的茎，墨绿色的叶子，十分新鲜；或是选出菜心，这是一种格外美味的白菜；还有芥蓝，这是全家人都喜欢的菜，深绿色的叶子菜，十到十四英寸长，顶端是隐藏着的类似菜花一样的小花，两块钱能买一大捆。在各种绿叶菜当中，还有十分抢眼的瓜菜，那种叫作"毛瓜"的嫩嫩的笋瓜表面覆盖着一层刺人的茸毛。在摊子的末端，悬挂着一尺长的豆角，味道脆爽可口。豆角比其他菜便宜，是做汤和炖菜必不可少的材料。

2002年，我在香港的时候，目睹了同样的场景。下班的路上，我会转到街市，只是为了让眼睛享受一下盛宴，去看看堆成小山的深深浅浅的绿色的白菜和芥蓝，呼吸一下它们清爽的气息。我走在摊位中间窄窄的通道中，市场里的人会冲我招呼："嘿，美女，给你打折扣哦！"我就转头冲他们笑笑，心中享受着他们的恭维。我知道他们会对每个人都这么说，但这是一种无害的、令人愉快的关注，我好奇太婆当年是否也很享受这街市中的玩笑。

在这座城市中，太婆和我都是异乡人，但只是看看那些等着我们享受的菜蔬，就是治愈乡愁的药剂，因为四处都能令我们回忆起村子里面的食物，或是曼彻斯特的家中每天放学后妈妈给我和姐妹们准备的饭。

我认得那种干干的发酵过的黑色豆子，能够令肉、海鲜、家禽等增添一种又咸又辛辣的味道，还有云耳，纤薄多皱的叶子堆叠得高高的。外婆厨房的架子中有很多罐密封保存的云耳，偶尔炖砂锅菜的时候放入一点点儿，真的是美味大餐。

还有摊位专门售卖五香粉，那是用肉桂、丁香、茴香、花椒和八角研磨成的粉。太婆、外婆、妈妈和我全都是在那混合了八角和丁香的浓郁甜美气息中长大的。我买了一些五香粉腌排骨，用的是妈妈在我们家外卖餐厅的厨房中教给我的方式。在香港，这种调料被装在巨大的筐子中，数量难以估计，我担心如果刮来一阵风，就能引起一阵调料风暴，让我喷嚏打个不停。

在香港，食物和商业是驱动城市运转的动力，这两项相辅相成，缔造出富饶稳定的商业活动，令城市的日常生活有了独有的气息和性格。

每天都有新的餐馆开张，餐馆都是一家挨着一家的，每家门口都垂着长长窄窄的布制的幌子，上面写着店名，整条街都飘荡着这种五颜六色的旗子，热热闹闹，吸引着路人的注意力。到了2002年，这种传统的布制幌子演变成了闪烁的长条形霓虹灯，粉的、绿的、蓝的，种种颜色，缤纷绚烂，令人头晕目眩、眼花缭乱。

梁庆昌赶上了好时机，因为当时香港的餐饮业刚巧有了一项新创意：大排档。这是由街头小贩用小小的金属推车经营的，主要售卖各种快捷而又能果腹的快餐：味道浓郁的豆干、云吞面、肉馅或是素馅的小笼包、带汤水饺、烧卖。

经营大排档的成本很低，所以竞争非常激烈，正因此，城市中第一次有了大量美味的食物供应。大排档卖的食物都热乎乎的，新鲜出炉，物美价廉，吃些小吃很快变成了中国人的惯例。如果你有胃口，走在街上没有办法抵抗从小推车中飘来的热气腾腾的香气，你可以从早上一直吃到半夜。

梁庆昌很清楚，每个厨师和顾客都要用酱油调味——无论是什么菜肴——他只要在这个行业中站住脚，就肯定能拥有稳定的收入。当然，他也有很多竞争者，但是他所处的时代给了他另一项优势：当时爱国情绪高涨。

中国和日本都称是自己发明了酱油，也都在各自的料理中使用颇多。日本说酱油是由觉心和尚发明的，不过中国人认为觉心和尚的配方是中国早已经发明的，他所做的就是在日本推广而已。我外婆只记得中国酱油，因为当时的香港抵制日本酱油。

梁庆昌的酱油是百分百的中国制造，从配方到原料到经销都是。从田中收获的大豆，被蒸制、软化，然后掺上特别的粮食以及烘烤碾压过的小麦粉，以平衡豆子的味道，给酱油增加一种麦芽的甜味。将混合出来的物品静置三天，然后放入一种特别的干粉、盐和水混合出来的糊糊中。

将这种糊糊放在大桶中发酵，直到充分发酵，然后将液体倒在折叠压紧的大幅布料上，将生酱油过滤出来。然后经过提炼和消毒，倒入木桶中，便能够食用了。梁庆昌将这些桶装酱油直接卖给餐馆和小贩，他们生抽和老抽都买——生抽的味道偏咸，主要用于调味，老抽主要用于调色。

在香港，梁庆昌做了一个木头平板推车，每天他要用这辆车装上好几桶沉重的酱油，然后步行推着车，去寻找买家。莉莉常跟着他，她很开心能够离开他们逼仄的住处，去城市中探险。来香港之前，她从来都没有见过餐馆，对她来说，这些餐馆都非常吸引人，非常富丽堂皇。

梁庆昌倒出一些样本展示给餐馆店主们，和他们讨价还价达成交易。在这个过程中外婆就坐在停在餐馆外的推车上，向餐馆内眺望，嗅着食客们点下的精美菜肴的气息；看着服务员们穿梭于厨房和餐室，端着一盘盘热气腾腾的食物，飞快地放下，然后将食客们留在小银碟子中的餐费收走。一切都像是一出戏。窃窃私语四处而来，秘密情人在这里相会；穿着绣花丝绸衣服的无比优雅的女人，和她自己的那个憔悴的母亲一对比，简直是天仙一般。她们与出轨的肥胖生意人在这里共同进餐，他们的脸孔，在汤和热饭的腾腾蒸汽中显露出一片狂热和贪婪。

服务员都很喜欢莉莉，经常偷偷给她一些零食和馒头，有时候也会笑话她小大人的模样。有人给她一个小茶盏，配有小筷子，大小都和她的手相配，她就会学着她父亲的样子，滴一滴酱油在碟子中，晃动开，检查酱油的味道。她并不喜欢留在家中和母亲以及姐妹们在一起。外面有那么多可以看的东西，那么多吸引人的事情，为什么要留在家中呢？

她天生坚定，在和父亲长时间出门的经历中，这种性格得到了进一步加强，她变得越来越果决，越来越独立，越来越有野心。梁庆昌没有儿子，所以全部的注意力就都放在了女儿身上，总是鼓励年幼的女儿，而莉莉则密切地观察着他，一直都在学习。

她学会的重要一课，是明白了学习英语能令一个中国人进入另外一个世界，一个与湾仔的贫民窟、大排档和喧嚣的港口毗邻存在但又完全独立的世界。如果想要提升自己，离开湾仔，她就必须掌握这种语言。而有一个地方给她这样的中国人提供英语课程，就是坚尼地路上的教堂联会。

当做完家务活，得到父母的允许，她就会满心虔诚地一路上山，到达太平山顶的教堂，认真地学习，想要领悟那陌生新奇的语言。神父坚持只有皈依了天主教才可以参加课程，想以此赶走蹭课的人。莉莉很实际地放弃佛教，信奉了天主教。她觉得这是为了获得教育机会的小小牺牲，对她的新信仰，她只是保持在口头上而已，在她的心中，以及在家中，她依然是一个佛教徒。

步行去教堂本身就是一种教育。太平山是香港的最高峰，那里风景独特，凉风宜人，西方人选中这里，将太平山变成了一片充满富丽大宅和高度特权的郊区。进入那片地区的中国人都是用人和女仆。

对于一个来自乡下的人来说，那里真的是一个非常神奇的地方。有时候，莉莉会带上姐妹们，去看那些房子。坐落在悬崖峭壁边缘的房子，如同宫殿一般，是适合公主们居住的地方，有着蜿蜒陡峭的车道、高高的大铁门、修剪整齐的草坪，中国员工忙忙碌碌地打理着一切。

莉莉在这里能够近距离地观察如同天仙的西方女人，她们皮肤苍白，头发特别，不像她的那样又黑又直，而是浅色的，有时候是拳曲的。她们穿着优质的丝绸和全棉的衣服，款式别具风格，她从来都没有见中国女人穿过那种款式，哪怕是餐馆里面那些别具魅力的女人。而莉莉记忆最深刻的是，她看到她们眼睛的颜色时目瞪口呆的样子，那些眼睛是清澈的蓝色或鲜明的绿色的。她觉得这简直是难以置信的事情。

很多年后，外婆、妈妈和我一起重走她当时每天都走的路，天气闷热，我们吃力地跋涉在罗便臣道上，这条路在太平山下，横穿半山区，东接马己仙峡道，西连巴宾顿路。这里依然非常壮丽，尽管现在已经被城市吞没，高耸的酒店式公寓笼罩着背依厚重石头墙壁的旧式建筑。

我们走在路上，外婆突然在一栋房子前停下来，宣布我们走到地方了。"不过，一切都变了。"她又说道，声音中透着失落。一张恐慌的白色脸孔出现在窗户中，观察了一阵站在人行道上的我们，然后消失了。外婆一下子又欣喜起来："你们看，外国人在香港住了几十年了，但他们依然不理解我们中国人。我在这做了好几年的阿妈，可是我们生活在完全不同的世界中。"

"你在这里工作？"我问。

"是，做阿妈，这是我去往英国的船票。"

"阿妈"是一种概括性的说法，她从事的是各种家政工作：全面管家、女仆、保姆。我们一直都知道外婆在香港工作过,但是我们以为她应该是个厨娘,而不是一个女仆,这对我们来说真是没有听说过的事情。

有一天,年幼的莉莉大着胆子通过栅栏窥看罗便臣道上的一栋禁宫,她看到有一个比她大不了多少的中国女孩站在一栋房子外面。那女孩穿着一件纯黑色的丝绸裙子,站在一个巨大的钢铁婴儿车边,抱着一个正大声哭闹的英国男孩。

那个小孩非常胖,满是泪痕的胖乎乎的脸舒服地靠在女孩的肩膀上。她轻轻地晃动着孩子,柔声哄着他,想尽各种办法想让孩子安静下来。莉莉曾经很多次见过她的姐妹们这么做,但是看到一个中国女孩哄西方人的孩子,还是让她大吃一惊,她一时晃神,就大声地招呼了起来。那个女孩当时也分了神,便回答了。莉莉走过去,自我介绍,仔细看了看那个孩子。他的皮肤白皙光滑,脸颊上泛着粉红色的红晕。莉莉握住婴儿的小手,以她最好的英国腔调,说了一声哈喽,然后非常神奇地,婴儿停止了哭泣,展露出一个大大的笑脸。莉莉高兴坏了。

那个女孩也咧嘴笑了,她对莉莉充满感激。她告诉莉莉自己叫伊娃,为住在这个房子里面的法官工作,她是一个初级阿妈。伊娃将孩子放到了婴儿车里,她们腼腆地聊了一阵天,直到一个穿着和伊娃一样的黑色衣服的年长女人从屋里面出来,走到大门边,打开大门。她嫌恶地看了伊娃和莉莉一眼,命令伊娃回屋里去。女人关上门的时候,莉莉向伊娃挥手道别,伊娃也偷偷地向她挥了挥手。

出于好奇,第二天相同的时间,莉莉又来到罗便臣道,她猜测那个孩子应该会在固定时间坐在婴儿车里面出来遛遛。她猜对了,没有等多久,伊娃就来了。她正在向山上走,承担着推婴儿车的重任。她立刻就认出了莉莉,两个女孩聊了起来。她们有很多共同话题,伊娃家也住在湾仔,她每天上山,来罗便臣道工作。此后,莉莉在每天忙碌的日常生活中增加了一个新习惯,就是在下午,在大房子的门外和伊娃见面,和这个年轻的阿妈以及坐在婴儿车中的婴儿一起在太平山上的街道和公园中漫步。

伊娃成了莉莉最好的朋友,成了鼓舞她精神的动力。当时莉莉只有八岁,但是她有了一个新的野心——像伊娃一样,生活到罗便臣道上,去照顾一个西方的婴儿。她当时还太小了,没有办法找到这样的工作,她向伊娃咨询,然后加倍努力学习英语,希望能够离梦想更近一些。2002年,走在罗便臣道上的时候,外婆指出了伊娃为之工作的法官的房子,尽管尽了最大的努力,外婆还是和她的老朋友失联很久了,现在我依然能够看出来外婆非常想念她。

我在香港的工作很紧张，每天要花很多时间在办公室当中，甚至整个周末也都要加班。家里人离开香港时，我甚至都没有时间去机场送行。这份工作让我对中国人辛勤劳作的传统美德产生了深深的敬意。我意识到，对于这些人来说，工作永远是第一位的。因为在香港的经历，我从而懂得了在 20 世纪 20 年代曾外祖父是花费了怎样的精力，才将自己和家人带离广州附近的农村，闯荡到香港的街市。

酱油的买卖开展得很慢。梁庆昌会在天亮前就出发，直到餐馆都关门后才会回家和妻子孩子团聚。每个月当中都有好几次，他会回村子去监督酱油的生产过程，睁大眼睛提防是否有高明的内贼将那酱油当成自家的。

很快，他和第一批餐馆达成了固定供货契约，但他真的费了很多的工夫才实现，最大头的花费是，他不得不去贿赂当地的政府机构，以保证酱油能够顺利通过珠江，到达香港。最后剩下的钱仅够维持家庭的生计，而且他也没有多少时间和家人一起去消费。

不过，他的付出开始有了回报，客户与日俱增，从餐馆、街上的摊子到小卖店，到处都是渴求酱油的顾客。他开始赚钱了，最后，家里人也能够看到他们新生意的收入了。

他们离开了那个小棚屋，拥有了一栋在湾仔的独立的小公寓，能够俯瞰码头，太婆又再度当家做主。这个独立的空间，对梁庆昌的六个女儿来说，非常奢侈，她们过去只知道大家挤在一起的只有一间屋的房子。她们有了新衣服，而且在离开村子之后第一次，她们有了固定的饭食。

我愿意花钱打赌，那些饭肯定非常丰盛和奢侈，因为家里的每个人都爱吃。对外婆和她的姐妹来说，那就像是大餐一样。酒足饭饱之后，他们心满意足地靠在椅子里，梁庆昌便隆重地教女儿们怎样才能专业地展示酱油的样品。

首先，他会将一些酱油倒到玻璃杯中，先充满仪式感地嗅一嗅味道，轻轻地晃一晃。酱油于杯中沉淀下来，在杯子底部成为一片深色的泥潭，而他则以一个宇宙级专家的严肃态度，谈论酱油的甜美气息。不过，他警告说，真正要检验的是味道，他会用竹筷子蘸上一点儿酱油，然后滴一滴到每个女孩的舌尖。最后，他会更加夸张地将一滴留给自己，大声地咂摸嘴唇，然后宣布那酱油完美而美味——当然是这个结果。

这是一个家庭玩笑，但是这也是对那种芬芳的液体给他们带来的一切的感恩和歌颂。一家人将梁庆昌的酱油淋在茉莉香米之上，他们便会轮流讲述自己一天都做了什么，竞相讲出最有意思的故事。

罗便臣道上的奢华生活在外婆的故事中占了很大比重。

最终生活变好了，几个月过去，香港不再是陌生的地方，这个岛开始向他们展示自己的神秘。当他们去码头散步的时候，经常能够看到刚刚从内地来香港的家庭——那些人的眼睛都睁得大大的，被眼前的喧嚣和忙碌惊呆，他们的脸脏兮兮的，衣衫褴褛，恐惧地紧抓着不多的财物。外婆跟我说，她总是会对这些人指指点点，露出世故的城市居民的笑声，这让她很开心。

"好了，好了，莉莉，"她父亲会训斥她，"你还记得你因为看鹦鹉迷路时哭鼻子的样子吗？那就是不久之前啊，我们就是那样。"对这个年幼的女孩来说，在田里的劳作，骑猪比赛，丝绸工厂里的惊恐，都已经像是前生的事情了；但是喜欢也好，不喜欢也罢，这个家庭依然和广州的农村紧紧连在一起。他们发家致富的消息已经传到了别人的耳朵中，尽管他们都没有感觉到自己挣到了钱。

第三章 | 苦瓜

中国广州
1930

忍得一时之气,免得百日之忧。

本来,我不了解曾外祖父,我妈妈也不了解。外婆从来都没有跟妈妈和我提起过他,直到有一天,我们三个人一起在华人超市的购物通道中逛着,她从架上拿起一瓶酱油,说道:"但愿父亲能知道。人生之中,最大的事情莫过于自己的死,最小的事情也莫过于自己的死。"说着,她转弯绕过一个拐角,转向另一条通道。她隐晦的话语令我惊呆了。我们每周一次的购物之旅通常都是闲话八卦和放松轻笑的时间,可不是用来说这种奇怪的语言的。

由于不想错过这鲜有的了解曾外祖父的机会,我从架子上抓起一瓶酱油,去追赶外婆,希望这瓶酱油能够再度激发她的回忆。追上外婆后,我问她刚刚的话是什么意思,外婆拒绝性地摇了摇手——这是她应付自己不想回答的问题时的习惯性手势。"不过是个老太婆的胡言乱语而已。"她躲避着我的视线。我坚持追问，她叹了口气，若有所指地说："你只需要知道，酱油中有福也有祸。"

我开始担心外婆可能是老糊涂了。酱油在每一个华人的厨房和餐桌上都有，如果外婆对酱油产生一种无端的恐惧，那她可真是不幸地生在了错误的文化环境中。我又追问了几句，她直直地看着我。"如果不是酱油，我也许还会有一个父亲去依靠，我母亲会有一个爱她的丈夫。而你，"外婆接着说，"也许会有一个曾外祖父，就像我一样教导你和爱你。"看到她不高兴，我为自己强迫她告诉我这么多而道歉。

"我明白，你想了解更多，"她说，"但我说的并不是酱油，而是它所代表的隐含的东西。酱油总是让我想到人们的追求和贪婪之间的那条界限。我父亲是一个善良的人，一个有追求的人，但他身边的人，全都满心贪念。被贪欲驱使的人，会为所欲为，会抢夺一切。贪欲将他们吞噬，而他们却将其他人吞噬。这样的人盯上了我父亲……"她顿了顿，即便已经过去了八十年，她的话语中依然充满了痛苦。"他们抢走了我们的家、我们的生意……他们抢走了一切。"然后，她跟我讲了关于梁庆昌的故事，讲了他们搬到香港的过程，讲了酱油的生意开始兴旺之后家里发生的故事。

梁庆昌的酱油是在村子里面酿造的，他们家搬到了香港，但那个小村庄却没有什么变化。他们昔日的邻居依然被困在土地上。1930年不是个好年头，气候不好，庄稼歉收。对于村民来说，是一场灾难——他们几乎没有足够的食物果腹，就算每天只吃一顿饭，他们也没有余粮去卖钱。村子里的生活本来就只能糊口，饥荒是无法避免的，而老弱之人所受的苦难更多。

绝望之气笼罩着湖边的小屋。那些为梁庆昌工作的人是很幸运的，别的大多数家庭能找到的维持生活的唯一机会，就是找到一份根本没有酬劳的工作，或是卖掉什么东西——任何东西。人们都准备去远处找食物或是赚钱。很多人都已经仿效梁庆昌，到香港找事做，他们知道城市里面报酬最低的工作，也比很多家庭一年之内赚到的所有钱都多。中国的家庭关系都很紧密，但是为了餐桌上有食物，为人夫者，为人父者，出门离家也是值得的。2004年，当我面试那些来甜甜餐厅应聘的中国移民时，我发现这一点几乎没有改变——一切都还是旧时模样。在遥远的英国的中餐厅赚到了钱，寄回国去给家里人花，为了家庭人们做出了巨大的牺牲。

梁庆昌依然会回内地的村庄去检查酱油的酿造结果，确认顺河流运输的过程中不会有什么问题。这样坚持了五年，他欣喜地看到他的生意蒸蒸日上，开始大宗的买卖：推着木头小推车走街串巷的日子已经过去了，现在他将酱油直接卖给香港的各大批发商。他的酱油总是一酿造出来就销售一空，供不应求。

村中昔日和梁庆昌一起在田地中辛苦劳作的村民，看到他从香港回来，都认为他是一个已经变了的有钱人。他的言行举止，他的穿着打扮，都变得讲究，整个人充满自信，他的气色也变得更好——现在他饮食规律，不需要像农民一样去忍受烈日酷暑或凛冽寒冬。这些变化，人们全都注意到了。

每天早晨，他的作坊一开门，都有越来越多的人过来乞求能得到一份差事，但是每一个空缺，都有至少十五个破产的农民来争夺。梁庆昌是个心善的人，觉得有责任照顾自家的亲戚和同村的人，只要可以，他就会雇他们来帮忙；但是他的财富也只是相比较村子里的人而言，非常有限，能雇的人不多。因而，他变成了最残忍的人，一个自己成功的受害者，成了人们抱怨的对象。

梁庆昌在与广州很多已经有一定基础的酱油生产者和商人的激烈竞争中开创出自己的事业，那些人大多数都出身于中产之家，从父辈手中继承了家族生意。他们满足于现状，没有做什么扩张的努力。另外的人，基本上都是单打独斗的创业者，买卖需要的时候，就拉来自己的兄弟或是堂兄弟表兄弟帮忙，如果销量不好，就把这些人打发走。

他们都是以小地方的经营理念来经营的小地方的买卖,把注意力都放在广州和广州周边地区,这是最容易赚钱的地方。他们缺少梁庆昌的远见,从来都没有想到,在他们老家生产的廉价酱油可以在香港售卖,获得可观的利润,而那只不过需要一段短暂的航程而已。

看到这个新冒出来的农民凭一己之力把生意做得这么好,他们很不开心,而他们的生意都因为他而受挫,他们密切地盯着他——他们没有因为梁庆昌的成功而生出愧疚之心,相反,他们恼羞成怒,想要来分一杯羹。

大约在这个时候,外婆记得,有一回,她父亲按惯例回了一趟村子,再回到他们在湾仔的公寓时整个人都怒气腾腾。经过长时间的工作,以及渡船上的颠簸,他非常疲倦,厉声指责孩子们,怪孩子们玩闹的声音太吵。太婆跟他抱怨,但外婆能看出来,他的眼睛中已经闪烁着怒火。

晚饭的时候,一切真相大白。有一个酱油生产竞争对手找到梁庆昌,要求以一个荒谬的低价收购他的生意。这个人姓王,很明白地说,梁庆昌没有别的选择,没有办法要求更好的价钱,如果他拒绝,那后果会很可怕。梁庆昌没有犹豫——他直接请这位王老板立刻离开，他大声说没有人可以这么威胁他。他白手起家开创了自己的生意，他绝不会贱价卖掉。王老板挺直身子，二话没说就走了，梁庆昌一个人在作坊里面暴怒，简直不相信那人居然大胆到这么威胁他。

王老板却说到做到，梁庆昌的直接拒绝引发了很可怕的后果。这并不仅仅是两个同行的争执，因为对于梁庆昌的对手来说，他是一个暴发户，是一个低等人，不知道自己的位置在哪里——应该让他滚回稻田里面，还要感激他的这些"前辈"宽容。而他居然变本加厉，让王老板丢了面子。

东西方之间有很多深刻的文化差异，而因为"面子"的概念产生的微妙复杂的等级制度是最难以理解的。对于中国人来说，"面子"，意味着你要打交道的人的形象和信誉。这也是对社会等级高的人表示尊重——这些人不过是依仗自己的财富和出身而觉得高人一等。

古时候，中国的将领如果打了败仗，宁可自杀谢罪，也不愿意活着丢脸。在现代中国的企业中，下属绝不可以在公众场合批评自己的老板。我自己的父母教育我们不能够羞辱任何人，不能让任何人尴尬，不能大喊大叫，不能大惊小怪，因为他们相信这样做会让家里人丢脸，是不可原谅的。

梁庆昌的竞争者们不习惯被人拒绝，他们决定要给他一些教训。我曾外祖父并没有等太久：王老板到访几天之后的一个晚上，梁家作坊的茅草屋顶失火了。后来，曾外祖父发现，有人看到了最初的火星，但是没有人示警，因为他们都知道他和王老板之间的争执——村子里面消息传播很快，每个人都在等着什么事情发生。他们被"大人物"之间的争执吓到了，都低头假装什么都不知道。

这些人就那么看着火烧光了干燥易燃的屋顶，然后侵入墙壁，接着引燃了一间储藏黄豆和小麦的库房，团团浓烟飘出，飘到村子里，搞得鸡犬不宁。梁家作坊的工人被惊动了，跑去作坊灭火，因而及时地阻止了火势蔓延到作坊主体。

消息传到了梁庆昌这里，他匆匆忙忙逆流而上，去检查损失，那时太阳已经升得很高了。小屋的屋顶一片乌黑，而且还在闷烧着，偶尔会有还烧着的木头碎片从屋顶坠落下来，落在作坊的地面上。一大片茅草屋顶被烧穿了，酿造的工具、一袋袋的黄豆直接和天空相对，还有一缸缸的酱油，因为缸太大了没有办法移动，全都在火中变质了。在废墟当中，工人们全都满面烟灰，筋疲力尽，但依然在费力地清理垃圾，让作坊能够尽快恢复生产秩序。

他们用尽了办法，临时搭了一个屋顶，盖住房顶上的洞。梁庆昌让大家休息一下，疲倦的工人们挤在作坊里面，喝柠檬凉茶，梁庆昌则走到外面，想把事情想个清楚。他心里焦躁不安。

他不想屈服，就这么卖掉自己的生意。他和家人为了这份生意付出了太多，也抱着很大的期待，但这次恐怖的袭击令他恐惧，不知道接下来还会发生什么。他脑中思绪纷乱，他意识到，很庆幸家里人都安全地住在香港。他想知道接下来要面对什么事情——他该怎么对待王老板？

他在家里也有麻烦。他需要投入在买卖上的时间越来越多，现在每隔一天，他就得往返于香港和广州一次，和餐馆店主们以及供货商们进行艰难而又漫长的会见谈判，还要争分夺秒，自己料理所有的文书工作。就像其他小商人一样，他觉得生意中如果有自己顾不到的地方，就非常不安心。只要可以，他就一切都亲力亲为。

女儿们并不了解他的恐惧，还以为王老板已经被打发走了，一切都会照旧，梁家的生意会越来越好，家里的生活也会越来越好。但太婆却开始担心再也见不到自己的丈夫了。她开始失去耐心了。

莉莉关于父亲的最后记忆，停留在她十二岁生日的那一天。梁庆昌挤出时间，专门给莉莉过生日，一家人一起去逛街，那天天气温和，阳光灿烂。莉莉格外开心，她收到的生日礼物是一件新的袄子，她整天都穿着那件衣服，很骄傲地向羡慕的姐妹们展示。

梁庆昌的心情很好，看上去他决定暂时把麻烦忘掉。外婆回忆，父亲把她扛在肩头，唱歌给她听，给她讲从餐馆中听来的故事。外婆对我说，她十分骄傲能够有这样的父亲，能够了解这样的父亲。

根据她在朋友家看到的，大多数中国男人对女儿们都关注得很少，甚至漠不关心，梁庆昌却非常不同，他的女儿们都知道自己被爱着、被需要着。

他们的庆祝方式，就是我们家庭一贯的庆祝方式，以食物——很多很多的食物。一盘盘的烤肉，大量的白米饭，一盘盘的新鲜蔬菜——在锅里炒出来的，鲜脆爽口；而桌上中心的位置，是一条大鱼，淋了加生姜的酱油汁。莉莉一看到这条鱼就开心大笑，因为浅盘子当中的鱼的眼睛鼓鼓的，仿佛在吃惊地瞪着。直到今天，外婆依然很喜欢吃鱼头，她说鱼头的肉质最鲜嫩顺口。

开始大吃之前，家里的每个人都拿了一根香点燃，插入一个香炉中。这个小小的仪式，一是庆祝生日，二是纪念家族的祖先。这种焚香是寺庙当中长燃的大钟形的香火的缩小版。这也是一种驱邪仪式，香气可以驱散恶灵，吸引善灵。

这种在家中进行的模仿大型严肃仪式的小型仪式，是中国社会日常生活的必要组成部分。焚香祷告，保佑家人代代平安，是一种连接家族中的过去、现在与未来的成员的仪式。香港的意思就是"有香气的港口"，因为片片沉香木在港口周围的土地上生长，而中国人的香火从这个城市传遍了整个世界。

太婆和梁庆昌也都在香炉中插入了一根香，房间内有着浓浓的烟气，莉莉发现自己的眼睛开始泛泪。她流下的是喜悦的泪水，她穿着新衣服，坐在家人之间，马上就可以享受奢华的大餐。生日宴会热烈地开始，大家大快朵颐，畅所欲言，笑声震天。庆祝的声音从敞开着的窗口飘出去，飘出阳台，飘到午后的阳光之中。

很快，桌上的菜肴就被席卷一空，大家的筷子也都放下了。梁庆昌说自己需要乘船而上去一次作坊，因为有一批原料到货，他要过去检查一下。太婆的脸一下子就垮了下来，她问丈夫为什么连一天都不能休息，不能放下工作庆祝女儿的生日。

梁庆昌疲倦地搬出了每次都说的说辞："如果我不干活，谁来养活你们？谁来给孩子们买新衣服？"太婆知道和他争执没有什么意义。家里人从来都没想过他们能生活得这么好，他们所拥有的一切，都是因为梁庆昌的辛勤劳作。他们面前的桌上，是丰盛的生日宴的残迹——鱼刺上的肉被吃光了，碗里面还剩着几颗米——提醒着他们生活是什么样的。太婆不得不放他走。

梁庆昌自己也很厌倦，他拿上外套，给了过生日的女儿最后一个拥抱，跟家里人道晚安。那个时候，他的心情也是非常沉重的。他走到港口去赶渡轮，脑子里想着未来，安抚自己的思绪——买卖熬过了火灾，新的订单收入不仅可以弥补损失，还能改善作坊状况，扩大生产规模。

也许在那个夏末温暖的傍晚,他在去往广州的小渡船上踱来踱去,在小船劈波斩浪逆流而上之时,看着平静深沉的蔚蓝色的中国南海。在渡船上,他什么都不能做,他不得不放松下来,这是他那激动的一天里唯一安静的时刻。

回村子旅途的另一个阶段令他回到现实当中,他坐在一辆小马车当中,走在曲折的泥土路上,颠簸晃荡个不停。这段路他已经非常熟悉,知道每一个坑洼的位置。车子猛地拐弯的时候,他被从车座一头甩到另一头。到了天黑的时候,终于到了通向村子的桥边,他很开心地从车上下来,开始步行。

作坊里面非常安静,梁庆昌遣走了守夜人。他关上了沉重的木门,点燃一盏油灯。他的桌上堆着一摞摞的文件,等着他去处理,其中有一小堆需要紧急处理的合同。他的管事们都已经看过一遍,但是梁庆昌需要亲自把他们通过的东西都检查一遍——有时候会有款项错误,会令他损失金钱。他不知道这些错误是偶然出现的,还是有人刻意为之,但是有一伙员工和整个家庭都依赖他,需要他盯紧自己的生意,他不能对任何东西疏忽大意。他知道这个晚上自己的任务艰巨,便脱掉外套,开始处理账簿。

从这时开始,故事变得不是那么确定了。梁庆昌被一个闯入者惊扰——可能是一个在作坊里面藏了好几个钟头的人,可能就藏在酿造的大缸后,或是仓库中;可能是一个在梁庆昌没来得及锁门的时候偷偷潜进来的人;也可能是梁庆昌请进来的人。警方的报告说这个神秘人是个贼,但是他什么都没有偷走。

梁庆昌和他之间发生过搏斗——桌子上的文件都乱了,作坊的地面上混乱不堪。然后,那个人抓起了一根撬棍——那是放在手边方便打开板条箱的——毫不留情地挥向了梁庆昌的头。撬棍砰地砸在梁庆昌的眉骨上。他可能当即就死了,然后才摔倒在地上。第二天,人们发现他的时候,他就躺在地上,一片血泊混着从旁边的缸中流出来的酱油。在他旁边,就是那根撬棍,那个贼将撬棍丢在那里,就匆匆跑入夜色之中,恐慌之下,任作坊的大门打开着。

我曾外祖父就在他出生的村子中被人杀了。第二天一早,他的工人们小心翼翼地进入敞开的大门,看到的就是在暗红色的血泊中他扭曲的尸体。他们全都四散奔跑,害怕自己会被抓走。几个小时后,一个工头过来,壮着胆子报了警。

当然,没有办法证明那个神秘人是那些生意对手派来的,当时中国乡村中的警察也没有任何鉴定设备,谁也没有办法去追踪那个神秘人。那个夜晚,梁庆昌的成功事业在一片冷冷的金属寒光中结束了,他为自己的追求付出了生命——他死时三十七岁,身后留下一个妻子和六个女儿。

村子里面的人都大为震惊。而在湾仔，太婆早上醒来，给还在睡着的女儿们准备早饭，丈夫还没有回来。这非常不寻常，即便是他工作到很晚，睡在作坊中，第二天也会在天亮前返回香港去见客户。这时，传来一阵敲门声，太婆打开门，门外是梁庆昌的侄子，他努力地保持着镇静，以能保持的最平静的态度鞠躬行礼，告诉太婆她的丈夫发生了什么事。太婆如遭猛击，感觉透不过气来，脑袋里面嗡嗡乱转。这实在太难以接受了。她努力集中精神，去听梁庆昌的侄子说话。梁庆昌的侄子声音低沉，安静的话语进入她的耳朵，却比香港清晨街道上的喧嚣声更大，然后她尖叫一声，痛苦地弯腰蹲下。

莉莉和姐妹们被吵醒，从床上爬起来，过来看发生了什么事。梁庆昌的侄子费力地将太婆扶到屋里面，将临街的门关上，六个女孩当时都挤在起居室的门口，听到了那悲惨的消息。

莉莉痛不欲生，歇斯底里地尖叫，说要和父亲一起死。她当时只有十二岁。我十二岁的时候，还享受着舒适的家庭生活，刚刚上初中，最大的难题就是不知道将来做小提琴手好还是做律师好——我是外婆的外孙女，但是我真的没有办法将那一刻的我们的生活联系在一起。我从来都不知道失去自己敬爱的父亲、看着未来就在眼前突然间消失是什么感觉。

那一天也彻底改变了太婆。我妈妈年幼的时候曾经和太婆在一起生活,当时已经是曾外祖父被谋杀很多年之后了。尽管当时妈妈年纪很小,但依然能够感觉到太婆的心中有些什么东西崩溃了。原本她心中为梁庆昌保留的位置,全都被恐慌和悲伤占据了。她只是一遍又一遍地对我妈妈说,她很幸运还有将来可以指望。太婆过去从来都没有独自面对过什么,她从父母家中嫁到了梁家,一直都有依靠,而现在她失去了伴侣,家里没有了养家糊口、维持生计的人,也没有儿子顶替父亲的位置。

湾仔的小屋中,哭泣持续了好几天,全家人几乎都吃不下睡不着。太婆就像鬼魂一样在屋子里飘来荡去,空虚而孤独;她不过是勉强地活着,她将孩子交给一个朋友照顾,回到内地去料理梁庆昌的丧事。她在那待了一段时间。她需要一个解释,需要一些说法来缓和心中的震惊,让她有机会为丈夫做一些事情。但是案件没有侦破。她绞尽脑汁,殚精竭虑。如同过去每次遇到麻烦的时候,她求助于中国传统的宗教,那些仪式陪伴着她一路迁移到香港,陪伴着她度过了在湾仔贫民窟和梁庆昌的亲戚挤在一起居住的日子。

太婆躺在床上,辗转难眠,心里猜测这是祖先在惩罚他们,在家里生意蒸蒸日上的时候,没有烧足够的纸钱孝敬祖先。她给梁庆昌在村子外面建了一个金色的神龛,将他的照片放在中间,然后给他烧纸钱，虔诚地祈祷他能在死后保护自己的家庭，死后可以安息。

她站在属于她的位置，以眼泪和祈祷悼念着她的丈夫。她按照仪式，将三杯酒洒在作坊里梁庆昌死亡的地方，很担心他会变成一只孤魂野鬼，在作坊里面徘徊不去。

村民们看着她悲伤的模样，议论着这个家庭的命运。大家都知道，他们家风水不好——先是三个儿子都死了，现在梁庆昌也死了。太婆忧心着作坊和作坊的风水——她一直都认为这里的风水不好，她开始责怪自己没有让梁庆昌重新布局安排，平衡阴阳能量。风水是一种介于科学和艺术之间的信仰，它认为通过协调人与自然秩序之间的平衡，生命可以更加和谐顺遂，能激发善灵的精神能量。太婆认为梁家的一些东西风水不对，因而引发了他们家的悲剧。

太婆花了可观的钱，请了一个风水先生，希望能就此拯救自己和女儿们的未来。这个先生算出了梁庆昌坟墓的位置。就在村子后面的山中，离作坊不远。太婆将一块有描红刻字的小石碑立在那里作为标记，上面写着"为家人鞠躬尽瘁之爱夫"。

在梁庆昌的葬礼那天，外婆几乎都站不住，她依靠着别人的支撑，哀戚的哭声回荡在山麓。梁庆昌被埋入地下，仪式肃穆地进行着。太婆回到香港的时候，穿着黑色的衣服，脸上一片惨白，憔悴而悲伤，她把她的心和灵魂留在了那个村子里面，留在了她和梁庆昌成亲的地方。

而此时的香港已经发生了天翻地覆的变化，没有了梁庆昌，太婆孤苦无依、衣食无着，她想不出来自己怎样才能养活六个女儿，能够保证她们好好长大。

她们的生活发生了剧烈而残酷的变化。按照中国当时的传统，梁庆昌的酱油生意——尽管失去了推动力，依然可以算是兴旺——不能够由太婆继承，而是必须交给她丈夫的男性继承人。女人不能拥有财产，所以梁庆昌的侄子接手了全部酱油生意，太婆和六个女儿必须依赖他的仁慈才能生活。而按照当时的风俗，没有法律或道德约束力强迫他保障她们的生活。

她们来到他面前，求他发发慈悲，但是他却没有梁庆昌的善心。他瞥了一眼那六姐妹，说如果其中有一个愿意去给他表哥做妾，他可以照顾太婆和其他女孩——现在她们也是他的财物，可以随意处置。女孩们知道那个表哥，是一个恶毒的人，外婆记得他的笑：总是缓缓地浮现在脸上，扭曲狰狞，令所有人不安——她告诉我他脾气暴躁，她们都见识过很多次。

和这样的人做夫妻，想想就令六姐妹生畏，太婆很坚决地拒绝了，维护了孩子们的意愿。然而残酷的是，侄子令太婆和女孩们毫无进项，而梁庆昌此时还尸骨未寒。

当时中国没有社会保险系统，没有济贫院或是教会运营的慈善机构救济孤贫。她们也没有什么积蓄。由于没有办法负担房租，她们搬回了湾仔最初那个小屋的后屋，梁庆昌的堂兄堂嫂是仅有的愿意救济他们的人。在她们没在那里住的几年中，越来越多的移民令贫民窟的人口激增，那里的生活条件非常可怕。没有居所的流民只能昏昏沉沉地睡在街上。贫民窟的居民们全都希望渺茫，窄窄的街巷，被隔断的小屋子，令人看不到未来——而梁庆昌的女儿们却兜了一圈又回到了这里。

梁庆昌的亲戚接收太婆和女孩们的时候，应该是出于一片好心，而且他们肯定也非常明白，梁庆昌的孀妻支持不下去了——但他们的好心很快便变了味。他们认为，太婆因为丈夫的生意格外成功，而养出了娇气和讲究，他们觉得自己有责任教育一下太婆，让她认识到湾仔的生活现实是个什么样子。

太婆和女儿们又再度沦为了仆人，彻底依附着她们的新主人。这一次，太婆没有再去坚持自己，或是寻找逃离的方式。她沉浸在悲痛之中，没有花心思保护女儿们。反正她也做不了什么，任何举动都可能令她们丧失食物和栖身之所。

那时的莉莉所受的苦最多。香港本来是她的游乐场，而现在却变得冷酷而漠然。再没有去往餐馆的惊奇之旅，她也不再是餐馆服务生和酱油买家的宠儿。而最重要的是，她开始痛苦而又缓慢地意识到，她永远失去了父亲——是她最大依靠的父亲，爱她至深的父亲，告诉她只要下定了决心就能够改变世界的父亲。

她的心中还反复煎熬着一个想法，她觉得自己该为父亲的死负责——毕竟，父亲是在她生日的那一天遇害的。在孩子的逻辑中，她觉得，她对美味佳肴和礼物的向往，都是不合规矩的要求，使父亲为了满足她而必须去努力赚更多的钱。在内心深处，她坚信——这也非常的孩子气——如果那天她能陪着父亲，就能够拯救父亲的生命：她可以发出警报，也许，可以跑出去求援，或是可以打跑那个袭击者。

她意识到，没有人关心她家人的死活，她的伯父伯母很喜欢欺负、取笑她们。他们让她干活，威胁说她要是不去干活，不听他们的话，就把她扔到大街上去。他们待她就像待狗一样，他们吃东西的时候，让她在一边等着，丢一些食物的残渣给她吃。他们一直都嫉妒梁庆昌，如今将一切都报复在了他孤苦无依的家人身上，奚落她们，嘲笑她们的无助。莉莉看到母亲越来越绝望，于是咬紧牙关，开始思考拯救母亲的方法。

我在香港住的公寓也位于湾仔。这个地区早已经改造得面目全非，完全看不出外婆哀悼父亲时候的旧城区的模样。外婆来香港看我时，我带她出去散步，看她还能不能认出什么来。在修顿球场，在野餐和打篮球的人中间，外婆驻足停留，悄然地露出笑意。在她那个时候，这里是劳工市场，苦力们在这里等待工作的机会，一个钟头又一个钟头，一天又一天。到了晚上，这里便成了劳工阶层的户外夜店，有点闲钱的人来到这里，在大排档上吃些东西，欣赏杂耍和魔术表演。人群当中也有妓女，都是一些岁数不大的年轻女孩。

莉莉和姐妹们之前从来不在晚上去那里，但是在梁庆昌死后，她们每天一大清早就过去找活干。大部分的差事都很琐碎，没有多少报酬：不过是搬搬抬抬，或是送货送信，或是洗洗衣服。她们给餐馆缝桌布，她们全都低头卖力地干活挣钱，养活太婆。太婆内心如一潭死水，任孩子们辛苦谋生养活自己。她们没有办法去哀叹自己悲苦的新生活，只能坚持劳作，而这是拯救她们的方式。

莉莉暗自发誓，什么工作她都可以接受，只要不去丝绸工厂。她想证明自己，再次赢得独立，让家人可以摆脱那些亲戚。她们不需要奢华的生活，只是希望能够再度主宰自己的命运。所以，她一边干活，一边思考着未来，等着时机。

六个月过去了，太婆要去完成对丈夫祭奠的最后一个仪式。每年的清明节，按照传统，在这一天，人们要去给死者扫墓，通过一项叫"行山"的仪式来表达对祖先的祭奠。家人们聚在先人的坟墓之前，献上供品和祭礼。我小的时候，家里还保留着这项习俗，每逢清明，便带着香烛、纸钱、纸扎的汽车和房子，以及滴着油和蜜的美味烤乳猪前往墓地。那些纸钱和纸扎是给饥饿的祖先们的，纸钱令他们能在死后的世界有钱花，我们把这些都烧掉，焚烧的火焰将墓碑上的中国字照得发亮。

那年的清明节，莉莉和她的家人将她们仅有的那点可怜的钱都拿了出来，返回村子。这是在梁庆昌的葬礼后她们第一次回去。她告诉我，当时她怕得要死，觉得父亲的死令她们的境况与过去有了天壤之别，村子里的人会像香港的亲戚那样看不起她们。

令她吃惊的是，那些住在小屋中的家庭都敞开了同情的怀抱欢迎她们，找出橘子和糖果招待女孩们。他们都记得梁庆昌是一个善良的雇主，在村子里庄稼收成不好或村民们在广州找不到其他活计的时候，他以稳定的薪水养活了村子里很多家庭。

莉莉不仅回到了朋友中间，还回到了美好的过去时光的记忆中，回到了她父亲还活着的时候的记忆中。她们在村子里待了好几个星期，最后，莉莉心中沉重，却非常清楚，即便她想继续留下来，也不可能再留下来了。她已经变成了一个城里的女孩了。她也害怕杀死父亲的凶手依然在周围,她担心那人会来将她们都杀死。在香港,在堂伯的掌控之中,她觉得不安全;但是在村子中,她发现自己与过去的联系已经被切断了,她与父亲的联系,与消沉的母亲之间的联系,已经被斩断了。她无所归依。

这家人很快便离开了村子,姐妹们有条不紊地整理着行李,莉莉则偷偷地跑去了父亲在山中的坟墓。她一路爬山,沿路摘下野花,用从袄子上扯下来的线将野花捆扎成束——这袄子就是她生日那天得到的礼物,那似乎已经是上辈子的事情了。

她跪在母亲建造的小神龛之前,将花轻轻地放在镶着小小的金属相框的父亲的照片前。眼泪涌了出来。她看着父亲的照片,看到自己的影子映在外面的玻璃罩上,和父亲肩并肩,她第一次意识到自己和父亲长得有多像。那照片因为日晒已经有些褪色,她觉得梁庆昌似乎就在她的眼前渐渐地离开这个世界,进入了鬼魂的世界,而这是她最后一次贴近父亲灵魂的机会。她用尽全力,大声地祈求父亲的原谅。

对我说起这些时,她信誓旦旦地说,当她说出那些话的时候,山麓吹来一阵风,旁边树上的叶子唰啦啦响个不停,她觉得这是父亲在回答她。她冲着他的照片微笑,伸出手指抚摸玻璃罩。现在该离开了,他允许了。她用袖子抹了抹眼泪,站起身,突然间听到了姐妹们在远处呼唤她的声音。

她转身离开父亲的坟墓,跑下山跟姐妹们和母亲会合,徒步前往广州。接下来的七十二年,莉莉都再没有回到那个村子。

第四章 翠玉黑檀

中国香港
20 世纪 30 年代至 50 年代

一不做,二不休。

在我家人到访香港期间,有一个星期天,我约他们在汇丰银行大厦门口见面,这是一座由诺曼·福斯特设计的巨大的摩天楼,正好直对维多利亚港口。他们走过来跟我问好,我几乎听不到他们的声音,因为空气中充满了一种响亮而尖锐的咯咯声,就好像这里有一大群"话痨"一样的火烈鸟。这种声音,我过去从来都没有在香港听到过。

我们充满了好奇,便向着声音的方向走去,想看看这声音到底是什么发出来的,然后发现在大厦一楼的一家咖啡厅里面坐满了菲律宾女人,她们正一边吃着早餐,一边用家乡话聊着天,比较着她们刚刚买来的首饰。建筑结构将她们的声音放得更大,听起来人数要比实际多很多。

"那些女人在那里做什么啊?"我问我妈妈。

"我觉得她们是阿妈。"妈妈说。

"阿妈?女佣?全都是?"

"今天是星期天——她们都在星期天有一天假期。我猜,这是她们唯一能聚会的地方。"

尽管外国人已经在香港居住了数代,但是大部分外国人对给他们工作的中国人每日要面对的艰辛没有一星半点的了解,也对中国人的生活毫无所知。外国人的世界或是栖身街道和贫民窟中的中国人的艰难生活,是没有什么交集的。

而阿妈是沟通的桥梁。这些值得信任的中国女佣,通常都是迁居来香港的农民家庭中的母亲们,她们把白天的时间和夜里大部分的时间都用来工作,服侍雇用她们的有钱人家,做管家、保姆、裁缝和厨娘。她们起早贪黑,工作很长时间,却毫无怨言,自己的孩子都交给她们的父母辈看着。她们将挣来的薪水全都用来养活一家老小。

在20世纪30年代至50年代之间,阿妈的数量迅速增多。在家务用人方面,中国女性开始取代男性——因为,女性的薪水少一半,每月5港币到15港币,而男仆则都要求30港币。从钱财角度来说,选择女性用人更加划算。这些女佣是必不可少的,她们承担了上层社会的外国人觉得有失身份的事情,还要负责用难懂的中国话和小贩们沟通,确保她们的雇主不会被坑。

在英国,我不认识任何一个有女佣的家庭——对我来说,女佣都是历史剧中的角色,戴着白帽子,围着围裙。而在香港,女佣依然是生活的有机组成部分。莉莉年轻的时候就在香港的那些大房子中做过工,就如同现在那些菲律宾妇女做的事情一样。对莉莉来说,这份工作是一个她走入新鲜世界的机会,我很好奇当时她是否知道这个机会会将她带到哪里。

当她们乘坐从广州出发的渡船,最终到达湾仔码头的时候,莉莉努力地振作起精神来。在村子里面见到老朋友的兴奋,祭奠父亲的感动,让她暂时忘记了香港的生活是什么样的。她随着母亲和姐妹们,一路像僵尸一样,穿过拥挤的街道,去往堂伯家的小屋,走上小屋门前的台阶的时候,她由衷地渴望父亲能够在身边,保护着她。其他人的脚步也都沉甸甸的,迈不动,不愿意回到像奴仆一样的生活中。

令她们吃惊的是,她们显而易见的悲伤似乎令她们的伯父伯母心肠软了,他们看上去似乎变了。他们迎接她们的,并非一贯的讥讽,而是同情、食物和喝的东西。他们安顿好太婆和女孩们,拿出了一盘盘的米饭和酱油。莉莉觉得有些透不过气来,对于他们这种新表现出来的和气,她并不信任。她希望能够立刻离开。

太婆注意到了她持续的不安,想要安抚她。她叫莉莉过去,让她和伯父伯母礼貌地问好,但是莉莉没有办法隐藏自己的感觉。她没有动,而是直直地盯着他们,太婆越是努力哄她坐下一起吃饭,她就越是难以控制心中涌出的悲伤和缺失感。她希望父亲能回来,她希望能感到安全,她希望能自由自在。她一跃而起,不顾一切地跑出小屋,跑到街上,挤开人群一路跑,她的眼睛里面溢满了泪水。她一直跑到肺部疼痛才停下来,完全没有管跑到了哪里,当她终于上气不接下气、精疲力竭地停下来时,她发现自己又一次站在了罗便臣道上。

伊娃正站在车道上,认出了朋友,跑过来和她打招呼,拥抱她,聊起了天,仿佛她们从来都没有分开过。莉莉将发生的事情告诉给了伊娃,伊娃听她说完,便提醒她可以做个初级阿妈。莉莉现在的年纪,可以在一个西方家庭中找一份工作了。

伊娃把帮助她在法官家找到工作的中介的地址给了莉莉,跟她介绍在见中介所老板时应该如何表现,该怎么穿着,以及该如何回答他们的提问。莉莉郑重地听着,她们在罗便臣道上走来走去,不断计划着她应该做些什么。莉莉觉得,这是父亲死后第一次,她慢慢地回归到了生活中——她的未来又呈现在了眼前。

我能够想象是罗便臣道周围的小山令外婆平静了下来。在那里,你根本想不到坏的事情——伊娃说,房子里面的油漆从来都不会斑驳或是剥落,帘幕永远干干净净,地板蜡的味道与花坛里面的鲜花的芬芳混合在一起,那些花坛中总是长满了开花的植物,只要花瓣开始凋落,园丁便会替换。罗便臣道已经变成了一块试金石,它的存在就给人希望,表明这里有她渴望的东西,令她知道,有一个像她一样的女孩,已经逃到了一个纯净的世界中,令她的野心不断膨胀。

第二天,她直接去了位于香港岛中心的中介所。中介办公室坐落在一栋相当漂亮的建筑中,门口挂着一块亮闪闪的黄铜牌匾,有一间很大的通风良好的接待室。莉莉告诉我,房间内头顶上方是缓缓转动的电扇,她坐在一把大大的皮面扶手椅的边缘,脚探下去几乎都够不到地面。等了一小会儿,她的名字被叫到,有人带着她去了一间非常气派的办公室。

中介所老板坐在一张大桌子后面,是一个很瘦的穿着细条纹西装的西方男人。他的妻子站在他身边,浑身带着那种严峻刻板的维多利亚时代女舍监的气质,头发梳成一个小圆髻,身穿窄摆及踝长裙,仿佛是来自另一个时代的人物。老板脸上戴着一个大大的金丝眼镜,翻看着一本大大的皮面预约册。莉莉真的很幸运——中介刚好需要新女孩来做初级阿妈的工作。

莉莉心花怒放，但维多利亚女舍监很快便打击了她的情绪，她背着手，开始简短但充满威胁的说明，说中介所名声响亮，一直都坚持所有女孩都必须遵从的三项原则——迅速、礼貌、有教养。她用干脆的声音一一交代他们的规矩。

没有固定的假日或休息日——如果有事情，她们必须请假。雇主通常允许女孩们因为宗教原因休息上半天，比方说农历每月初一或是十五的时候。不过，只要想到那亮闪闪的大理石走廊，想到和伊娃一起推着婴儿车度过的那些温和的下午，莉莉便签下了面前的所有文件，随着女舍监去了第二间办公室。

她在那里得知了新工作的内容。如果她迟到一秒钟，或是工作无法令她的雇主满意，她就会立刻被炒掉。而这也就意味着她会被香港的每一家中介都列入黑名单。再没有人会考虑雇用她当阿妈。

她学习了好多个小时的课程，以使家务活能够达到西方雇主的严格标准。她学会了如何整理床单，如何检查橱柜里面是否有隐藏的灰尘，如何抛光精致小巧的银器。打扫房间的时候，窗户必须关起来，这样灰尘就不会四处乱飞，地板需要先被清扫、除尘、擦拭，然后还要打蜡。一个好的阿妈每天需要将房子里里外外、彻彻底底打扫一遍。

然后，还有洗衣服。亚麻布必须在肥皂水中搓洗，然后放在木头滚筒脱水机里面脱水。在熨衣服之前需要用冷淀粉水浆洗，衣服必须整理得坚挺有质感。她需要掌控烙铁，判断温度，保证不太热也不太冷。裤缝必须烫得笔直，就像尺子一样直。如果女孩们达不到这样的标准，就必须把她们的制服还给中介所。

规矩多得没完没了。中介觉得莉莉可能正在做白日梦，会不用心，随便应付，便编了整套的规范和口诀，从抛光黄铜到熨烫花边，无所不包。因为没有办法避开这些训练，所以莉莉学得很认真，工作没几个月，她就已经对一切程序烂熟于心。

中介认为她的训练合格之后，莉莉就得到了一套初级阿妈的传统制服，那是一件白色的短衬衫，配黑裤子。她被告知，制服的费用会从她接下来六个月的薪水中扣减。第二天早晨六点钟，她就要面对第一份工作。

离开中介所的时候，莉莉的胳膊下夹着装在棕色纸袋中的制服，手里拿着一张写着雇主家地址的纸条，她高兴得都跳了起来。我知道这情形，因为我曾经很多次看到过她展示那种情不自禁的小跳，通常是在她的彩票中了个小奖时，每次她兴奋的时候，都会笑得像个小女学生一样。我很好奇，当时那片富人区中经过的路人，看到这个年幼的中国女孩脸上挂着大大的、生机勃勃的笑容，满心欢喜地庆祝自己的新开始时，他们会做何感想。

尽管曾经花了很多时间观察罗便臣道上的居民，不过，进入在港外国人的世界，对莉莉来说依然是一场文化冲击。她从来都没有真正走入过伊娃工作的房子，没有跟除了经营中介所的老板和老板娘以外的外国人说过话。而现在，她觉得自己要真正地"进门"了。

那些房子里面的味道都很奇怪，她负责洗的衣服的质感也很不同。还有他们的食物，为什么都是在一个岛上买到的肉和蔬菜做出来的，味道却那么不一样。语言也是一个难题，尽管她在教堂的课程中学过一些基本的用语，但现在她还是没有办法和人对话，也听不太懂别人对她说的话。

无论如何，在大多数的房子里面，仆人中间都有着非常严格的等级制度。初级阿妈并不参与家庭中的活动。她要尽量少被人看到，是一个隐在幕后的帮佣。西方人用英语发号施令，不过有时候，他们不过是用指手画脚、点头或是微笑来与莉莉交流。她是通过听更资深的仆人和雇主家庭成员说话，然后在脑子中默默地回忆他们说的话，才最终学会英语的。

时间一长，很多年长的阿妈都成了女主人的心腹，以及孩子们的代理母亲。尽管阿妈和雇主之间的关系本质上是雇用和财务的关系，但是他们之间产生真感情的事情并不罕见。在仆人金字塔顶层的，通常是专业厨师和育儿保姆。伊娃和莉莉最终都成功地担任了有钱人家庭的育儿员和厨师。不过，当时莉莉还只是一个"万金油仆人"，根据指示参与做饭、打扫、照顾孩子的事情。

我在香港工作的时候，律师事务所的老板们大部分都是来自英国的，说着公学口音的英语。有远见的中国同事建议说，公司需要让更多的资深中国律师升职成为合伙人，但是他们的提议全都没有被采纳。香港的事务依然由"外国佬"的文化主导着。

即便是到了 2002 年，在香港的英国人依然保持着他们的习惯和怪癖，比在英国本土的人更加严格和坚持，他们就生活在太平山下的"小英国"当中。而在 20 世纪 30 年代，当时的英国人享有更多的特权，他们操纵着香港的大银行、法律机构和政治体系。

他们的子女在专门的学校中接受教育，他们只在英国人运营的公司和机构中工作。他们每天下午四点要喝下午茶，在星期天去过教堂之后要吃一顿烤肉大餐，他们在只有中国员工服务的乡村俱乐部里进行网球联赛。他们的浴室当中都是大理石台面、银色水龙头；他们的衣服全都剪裁得体，但根本不适应香港的季风气候；他们说话的架势全都像女王一样。他们仿佛统治着世界。

他们的优越性是显而易见的。他们拥有岛上最豪华、最昂贵的房子。他们举办光鲜而迷人的宴会，让妻子翻出最好的首饰，带她们出来显摆,他们参加聚会前会在洒了昂贵的进口浴盐的浴缸中泡上好几个钟头。他们的一切都尽善尽美。

宴会上,女士们穿着银光闪闪的晚礼服,挽着身穿洁白无瑕的小晚礼服的男士的胳膊,翩翩而来。莉莉负责端着一托盘的鸡尾酒招待他们,每当这个时候,她总是会看得入迷。

在香港工作的英国人,将他们的肥差看作一种与生俱来的权利。他们通常都才华横溢、野心勃勃,宣称自己和皇室或是英国政府中最高等级的人有关系。他们也希望能够拥有美好的生活,而他们在香港找到了,他们把这个职位当作一段延长的假期。

大体上,对仆人来说,英国人还算是好主人。在一些罕见的场合,莉莉发现自己是和主人一起吃饭的,不过她大部分的饭还是在房子里一间独立的、"私密的"屋子里吃的。虐待仆人的事情是很罕见的,而且是很愚蠢的,因为仆人们有着自己庞大的关系网,雇主和仆人之间的界限有着非常严格的规定,必须严格遵守。任何雇主如果在口头上辱骂仆人,这事情就会很快传遍整个香港,而这会严重危及他们将来雇到仆人的可能。

而且,阿妈的薪水也非常不错。外婆说,那些年当中,她很骄傲自己是一个阿妈——这份工作比那些没有特殊技能的女性都高一等,而且有着值得期待的长远发展。她辗转了几家在香港最有影响力的、最富有的家庭，而最重要的是，她最后学会了烹饪。不仅仅是各式的中国菜肴——她的很多雇主都很偏爱当地的食物——而且还有来自世界各地的美食，这取决于她的雇主的国籍。

她能用烧煤的好炉子，完成非常有挑战性的任务——提前两个小时告知她准备出一桌十人的晚餐来，而这并不是稀有的事情。但是莉莉只是召集来自己的姐妹和其他做女佣的朋友们来帮忙，就会准时地将饭菜出炉上桌。

就是在那几年当中，莉莉学会了做砂煲鸡，里面炖入香菇，反复熬煮，味道鲜美；她还研制出了一种美味的香肠，拥有在乡下过节时吃的香肠大宴的悠久美味——这两样，后来都成了她在英国的招牌菜。而最重要的是，她学着热爱烹饪，拥有了尝试各种食材的勇气。

当那个家庭品尝过莉莉第一次尝试的结果后，他们给了她更多的钱，让她去采购，挑选在香港售卖的最好、最稀有的食材。一个雇主偏爱上佳的牛肉片配土豆条，再淋一层蛋黄酱。莉莉学会了如何选择准备鲜嫩的牛肉切片，那肉片入口即化，让人唇齿留香。她喜欢她的新工作，甚至包括她在中介所里被反复训练的枯燥的扫除过程。每一次出色地完成一项工作，她都能收获到喜悦。

对莉莉而言，困难的地方在于和西方人维系个人关系，无论是和家中的孩子还是——偶然出现的雇主的太太。这个女人非常无聊，孤单地生活在富丽堂皇的家中，早上或是下午，孩子们去上学时，她会让年轻的阿妈陪她坐着，跟可怜的莉莉没完没了地抱怨丈夫的情人。莉莉没有什么这方面的生活经验，但一直用尽自己的办法安慰她，尝试告诉她，她很幸运有那么可爱的孩子，还有这样的大房子。

莉莉要花很多时间跪在地上，给无边无际的橡木地板打蜡。这个过程中她常常会走神，想象自己就是这个房子的女主人，穿着漂亮的丝绸衣服，使唤着自己的女仆。而那对夫妇的小男婴的一声哭喊就会将她唤回到现实中来，她得匆匆忙忙站起身，摘掉手套，跑去哄孩子。

她曾经帮餐馆缝桌布，也补过家里人的衣服，这些经历对她来说都非常有用，她因而很擅长缝补孩子们的校服和球袜，也被允许将剩下的布头带回家。通常，那些房子里面有缝纫机，主人允许她用旧的衣服纸版来练习拼接缝制衣服。她也学会了编织，会给小孩们织袜子、围巾和衣服。更令人难以相信的是，她几乎没有请过一天假。

莉莉从和雇主的孩子的关系中收获了很多乐趣——对于家中最小的孩子，她并不是一个仆人，只是莉莉。她离开一些家庭很多年之后，有些孩子还是会去拜访她，给她送礼物或钱。她一直都想念那些孩子，经常说起他们，就像是对待自己的孩子一样。

她先后辗转了好几个实习的地方，然后被派到荷兰人范·霍滕一家，成为正式员工。那家的主人是约翰尼斯·范·霍滕的孙子。约翰尼斯是一个实业家，依靠投资可可粉而发家。1825年，他想出了一种手工操作的压榨方式，从可可豆中将可可油榨出来，压榨之后留下一块豆饼，可以研磨成可可粉。

在范·霍滕家里面，巧克力四处都是，莉莉很快就因为食用甜食过多有了蛀牙。她记得一次样品展示的宴会上，每个客人都得到了一套由巧克力制成的拼图，看他们能不能拼出来。

莉莉的主要工作是照顾家中最小的孩子，那是一个蓝眼睛、金头发的宝宝。范·霍滕家是一个非常讨人喜欢的家庭，但他们经常出门。他们并不是特别在意要了解莉莉的个人情况。莉莉被要求出门的时候好好地跟在这家人后面，哄好孩子。

晚餐在每天六点准时开始，银质的刀叉被一丝不差地摆放在洁白无瑕的亚麻布桌布上。如果莉莉有任何一点细节出了错，范·霍滕先生就会勃然大怒。因而，丝毫不惊奇，只要有范·霍滕先生在，她就一刻都不得放松。当他在场时，莉莉就努力让自己不引人注意，仿佛背景一样。她唯一真正放松的时刻，是孩子睡着之后，她能够溜到厨房或是花园中去。

而最后,打破她平静生活的,并不是范·霍滕先生的怒气,而是一些更严重的事情。因为在那个小男孩一周岁生日之后不久,中日战争迅速发展,中国成为第二次世界大战中战斗最激烈的战场之一。

日军迅速袭击并占领了马来亚、菲律宾、新加坡和香港等地,英国军队被日本人攻击的速度和强度征服,在1941年的圣诞节被迫向矶谷廉介——第一任日本驻香港总督——投降。中国人和英国人都将那一天称作"黑色圣诞节"。

对于占领方日本人来说,中国人的生命毫无价值。他们做的第一件事情就是削减平民的口粮,以维持他们自己军队的供给。持有港币变成了违法行为,日本军用券取代了流通货币,超级通货膨胀扼杀了香港的经济命脉。

他们对待中国民众十分残忍,而且基本上都是公开的行为。因为身陷占领区,莉莉目睹了人们因为尝试逃离,或是被怀疑为间谍而沦为囚徒,未经公正审判就遭受殴打、折磨、酷刑的事情。她非常不乐意谈起那段时期的往事。

人们都躲在家中,偶尔出门也只是匆匆去采购能够买到的食物。终于有了自己公寓的太婆几乎很少出门。每次出门,都是用港币去换几把大米。

莉莉在占领区的经历,说起来似乎非常不真实。因为荷兰人并没有立即与日本人开战,所以,她在两个世界中奔波,在湾仔街道的恐怖世界与范·霍滕家一如既往的喧嚣天地之间不断飘来荡去。从17世纪开始,荷兰人和日本人就开始进行贸易,范·霍滕家族与日本军方签订了一个获利颇丰的契约——给日本军方供应巧克力。一直到一年后,日本入侵了荷兰东印度殖民地,他们才中断了这项契约。

范·霍滕太太给范·霍滕先生帮忙,是他的秘书,不管他们去哪里,家里的其他人都跟在后面。莉莉意识到她必须要和他们一起去往敌占区的心脏时,她非常害怕。但是他们没有时间找一个新的阿妈,而且她也非常喜欢那个荷兰小男孩。太婆求她放弃这份工作,去找一份别的工作,什么工作都可以,只要不去经历这种冒险的行程。但是莉莉立场坚定。

大多数的西方家庭都被日本人转移到了他们的营地,所以她几乎没有找到另一份做阿妈的工作机会。留下来的家庭必须要和入侵的军队合作。而莉莉对那个荷兰小男孩的一片关心,令她努力地压制着自己的恐惧,她告诉自己,如果小男孩失去了挚爱的阿妈,发现照顾他的人变成了一个陌生人,他会非常难过。范·霍滕家安排她学习了一些基本的日语，以便她可以在他们留在香港的情况下继续工作。

范·霍滕家带着莉莉三次乘坐军舰从香港去东京，然后再返程。偶尔，她会提起一两句，或是提起她看到的恐怖场景，但却很少提及具体的细节。每一次航程单程要花三天时间，莉莉发现自己成了范·霍滕、日本人和船上的中国人之间传话跑腿的人。

船上的日本军官发现她能说英语，还能说一点荷兰语和日语，便付钱给她传话，并且强迫她学更多，以便她能为他们翻译。

有一个中日混血的女人，受委派担任莉莉的老师，她教会莉莉的，并不只是日本话，还包括日本的历史和传统。她在日本长大，希望能当一个艺伎，不过因为她"不洁"的中国血统，她被认为并不适合。她反复训练莉莉的日语，并且说，如果莉莉在学习新词的时候有任何偷懒，或是学不会，就会遭到由士兵们执行的严重体罚。

莉莉争分夺秒地抓紧一切可以利用的时间学习日语，而这样做却救了她自己的命。这种高强度的训练，至少让她变得对日本士兵有用，他们让她翻译简单的信息，之后又让她翻译囚犯们的供状。他们在船上对待中国人的野蛮暴行，比在香港时还要更胜一筹。莉莉在夹缝中艰难求生，一边给日本人跑腿，一边想要影响他们，让他们能对囚犯好一些——守卫们在和她熟悉了之后都开始信任她了,所以,她有胆量把想法说出来。

对于战争中的暴行,莉莉除了痛恨和鄙视再无其他感情。她将那些年视作一场噩梦,最后终于清醒过来了,浑身颤抖,和其他幸存的家人一起,开始收拾七零八落的生活。关于她在日占时期经历的创伤,她选择闭口不言,她更愿意把痛苦留给自己。

1945年8月,两颗原子弹投向广岛和长崎,日本战败投降。英国迅速重新掌握了对香港的控制:港督詹逊一听到日本战败的消息,便离开监狱营地,重新担任了这片土地的行政长官。几天后,他的临时政府迎来了一艘驶入香港港口的英国海军军舰,依靠军队的保护,他希望能够全面复兴香港经济,使香港重回20世纪30年代的繁荣。

香港的复兴本来会十分缓慢。不过,内地很多人都如潮水般涌到了香港,很多公司也将总部由上海搬到了香港。香港从中汲取了很多力量。新一代的创业者都努力弥补过去损失掉的岁月和利益,各种规模的生意拉动了香港经济的恢复速度。他们通过自己的能力取得成功并长久发展下去的决心,带来了黄金、钻石和其他金融市场方面的复兴。最后,香港开始再度兴旺起来。

而对莉莉来说,战后的岁月依然是非常恐怖的,因为香港的氛围开始发生了变化。也许,因为中国人和英国人都受到了日本的折磨,他们发现香港再也无法严格地维持过去的状态了,所以那些旧日的禁忌开始打破了。英国人不再是战无不胜,中国人觉得可以在这片土地上更进一步。那些有钱的中国人已经可以在罗便臣道那种昂贵的白人社区置办产业了。

而那段时间,也是莉莉的私人生活发生重大变化的阶段。她依然和她妈妈一起住在湾仔,太婆在战时过得不太好,因为太害怕,都不敢离开贫寒的住所,完全依赖女儿们养活。莉莉当时已经快要三十岁了,有了很多年的工作经验。范·霍滕家的小男孩长大了,开始上学了。而她更换了工作,这一次中介将她派到了一户英国家庭,伍德曼家。

莉莉现在谈起伍德曼家的时候,依然带着深深的感情。在和这户文雅和气的人家共处的日子中,她体会到了身为一个英国家庭中的一员,在三点喝下午茶,用餐后去散很长时间的步,是一种什么感觉。她很好地接受了英国的生活方式,伍德曼家的朋友们都叫她"生着一颗中国心的英国玫瑰"。

伍德曼家是刚来香港的,由于冥冥中的巧合安排,他们搬入了罗便臣道上的一栋房子,就是八岁时的莉莉梦想着自己能生活于其中的那一栋。她又被聘为保姆,照顾两个小孩。伍德曼家中没有范·霍滕家的那种拘谨，一家之主伍德曼先生自己就是最和气的一个，深受所有人的喜欢。

他个子高高的，秃头，耳朵微微支棱着，一笑起来就会露出牙龈，眼睛眯缝着。他负责香港整个供电系统的重建工作，在工业界是个举足轻重的人物。在香港的新家对他有着非同寻常的吸引力，但在第一个闷热潮湿的夏天之后，新工作中的种种要求令他脾气暴躁。

莉莉刚到他们家，便很快成为他必不可少的城市向导，成了他非官方的左膀右臂。她似乎什么问题都能解决。她快乐的精神令伍德曼家充满欢声笑语。伍德曼家也从来都没有希望她只是温顺地站在一边，充当背景。她真的相信自己有了第二个家。而担任伍德曼先生的母亲的陪护，则让她真的爱上了这个家庭。

老伍德曼太太六十出头，健康每况愈下，她的心地很好，但很容易就感到无聊。她非常喜欢莉莉的陪护，对有她在身边充满了感激——她对待莉莉，并不只是当作一个仆人，或是一个不得不付薪水的人。尽管莉莉和她年龄相差很大，她们两个人之间依然关系紧密，那位年长的妇人对莉莉的生活产生了深远的影响。

莉莉跟我谈起和老伍德曼太太在香港共度的日子，她总是很喜欢描述她们两个人一起在海边散步的小路，她们走到一个码头，看着船来船往。她们发现，尽管阶层不同，出生地不同，年龄悬殊，但是她们真的有很多共同之处。莉莉总是非常大声地赞叹珠江的入海口处水面上漂荡的白色花朵,她真爱这激流中的花朵展现出的美丽、优雅和力量。

而正是老伍德曼太太告诉她,这种花的名字叫睡莲(lily),"莉莉"这个英文名字便由此而来。莉莉希望自己能够像睡莲一样坚强,在香港努力地活下去,尽管罗便臣道上的一切都如同梦幻童话,但她在湾仔家中的生活几乎没有什么变化。

老伍德曼太太对莉莉湾仔的家了解甚少,不过,在她们乘坐着舒服的出租车驶过拥挤的街道时,她很喜欢问莉莉她的家庭情况和她的家人。莉莉会回答,不过她也尽量不去谈两个世界的不同。伍德曼太太的好奇心被激发起来了,最后,她坚持要莉莉带她去看看中国人是如何生活的——她要求去看看莉莉的家。

莉莉十分犹豫,但这位老太太很坚持,于是一天下午购物结束之后,莉莉指挥着车子开回了她居住的街道,回到了湾仔的贫民窟中。本来,她和老伍德曼太太一直都在闲聊,但车子一开进黑暗的窄巷,莉莉就沉默了下来,感觉自己的脸都羞愧地变红了。

老伍德曼太太的仪容,还有她生活的世界——那明亮光鲜的房间,擦得亮堂堂的木头地板,都令莉莉和她家人住所的惨状更加凸显。街上挤满了人,随地吐痰、抽烟;头顶上方的晾衣绳上,湿漉漉的、打着补丁的内衣迎着风飞舞；排水沟被沙石堵死了，混凝土的墙壁裂缝中杂草顽强地冒出了头。

一堆堆的木头废料和生锈的金属片挡在了门口，她不得不帮助老伍德曼太太在上面谨慎地选取落脚点，走过潮湿的水泥台阶，进入阴暗的门厅。老伍德曼太太评价说，莉莉的家似乎是迷失了，被人忘记了，她无法理解怎么真的有人会住在这样的环境中。

小屋内的情况更加糟糕。垃圾被堆在房间的一个角落，污秽的布帘子区隔开了几个小隔间。屋子里面阴冷压抑，煤油炉中冒出来的烟气，令老太太一踏入门槛，就感觉自己要窒息了。这里没有水管管道，没有自来水，烟气中还混杂着一股夜壶中的陈腐尿液散发出来的刺鼻味道。

老伍德曼太太什么都没有说，她紧紧地抓着一块手帕，掩住口鼻，眼里开始热泪滚滚，她现在明白了她的朋友是如何生活的，她让自己的朋友向她展示了什么。她没有坐下来，而是不断在乱糟糟的房间中走来走去。最后，她带着凄苦的表情看向莉莉，用沉闷的声音问道："你们，为什么，为什么生活得这样……"她和莉莉都没有答案。

湾仔的贫民窟，依然是新来的人的第一个落脚之地，人口多到快要爆炸，临时搭起来的窝棚挤满了湾仔四周。慈善和救济组织尽自己所能帮助新移民，但是大多数人都必须在令人吃惊的环境中艰辛谋生。一些有良心的侨民家庭看到了贫民窟的恐怖现状越来越明显地暴露在他们的生活中，他们没有办法在这种不平等状态下继续生活下去。

而给伍德曼家最后一击的是，1953年，一片贫民窟中突发大火，数万贫民居住的小屋付之一炬。这些小屋不过是些浮木和旧的板条箱潦草搭就的，火势蔓延很快，蜗居其中的无数男女老少都身陷火海。伍德曼家在太平山顶居所的露台上就能看到火焰，那天晚上，冷冷的风吹来了燃烧的垃圾和人体血肉的味道。

第二天的报纸以非常详尽的细节报道了这次惨剧，印出来的照片中呈现的是人们衣服上带着火惊恐地尖叫着跑入街道，被烧焦的孩子的尸体蜷缩在废墟当中。这些关于火灾的黑白照片，证实了这家人最可怕的想象。

他们知道，香港的穷人勉力求生的方式不会有任何奇迹般的变化——迟早会再出现一场大火，或是房屋倒塌，或是传染性疾病，席卷贫民窟。没有任何法律或是资金能够改变这一切。伍德曼家无法安心地继续住在香港了。

二战结束后，冷战开始，人们不禁猜想幅员辽阔的中国会对英国在自己国家一隅的存在容忍多久。香港的前途风雨飘摇。老伍德曼太太建议说,她希望能够回国去安度余生,全家人都拿定了主意。虽然香港充满了新奇和刺激,但他们也经常会想家。

不过,他们并没有忘记莉莉。他们提出了一个建议,成了我们家族故事中的重大转折点——让外婆有机会脱离在香港朝不保夕的贫苦生活。他们说,莉莉可以和他们一起去英国,作为伍德曼太太的护理员。他们都非常不愿意将她甩在贫民窟中,而是愿意给她一个到富裕国家中过上新生活的机会。

伍德曼太太、老伍德曼太太和孩子们都要在那年回英国,之后只会在短暂假期的时候来香港探望伍德曼先生。莉莉可以陪她们往返,不过以后大部分时间都会生活在英国。等伍德曼先生在香港的工作结束后,他也会返回英国,而罗便臣道上的房子将就此人去楼空,挂牌出售。

他们都知道,这对莉莉来讲,是一个揪心的决定,但是他们不知道要下这个决心到底有多难。1953年时,莉莉已经结婚,有了两个孩子,她是丈夫、孩子以及太婆的支柱。深夜无眠、辗转反侧之时,莉莉权衡着是继续在香港生活,还是去英国开始未知的新生时,他们的脸孔就在她面前浮现。

第五章　爆竹展

中国香港
20 世纪 30 年代至 50 年代

天生我材必有用。

在我成长的过程中，从没有听说过关于外公的事情。对我们姐妹来说，他不过是一张摆在莉莉餐厅中的旧照片而已。那张照片放置在外婆为了纪念外公而设的一个小小神龛的中心位置。照片旁边摆着一个盘子和一个小香炉，盘子里面装着已经半干的，或者干瘪瘪的橙子，作为供奉给灵魂的食物；香炉里面则插着几根燃过的香——这是唯一能表明莉莉还在怀念丈夫的证据。

我们的年龄越来越大，而外婆也在渐渐变老，她开始时不时地提起关于外公的一星半点的故事——不过都是随兴提起——就在聊天时，不经意地偶尔提及。她说起那些琐碎小事，就仿佛外公依然活着，就站在隔壁，而不是已经死去且躺在坟墓里面几十年了。每一次，我们都能新得知一些关于外公的故事，而且每一次，轻推开外婆记忆闸门的,都是奇怪的东西,或是出人意料的事情。

甜甜餐厅里面有一个小酒吧,供应传统的中国酒,也售卖司木露、杰克丹尼这样的洋酒。中国酒有烈酒茅台、三蛇酒、青梅酒、荔枝酒、米酒,都装在五颜六色的瓶子里,贴着鲜艳缤纷的标签,争相夺人眼球。

那些酒看起来都很淡,但其实酒精度都超过40度——足够让你晕头。我们供应的一种蛇血鸡尾酒,是年轻人无法抗拒的,他们都很喜欢在周五晚上放松时证明自己的胆气。有一天下午,我和外婆在酒吧里面喝茶,这时,我眼角的余光瞥到了一个酒瓶,便开玩笑地问她:"你喝过三蛇酒吗,外婆?"

"喝过啊,不过对我来说有点太烈了,"她面不改色地说,"那也是一种帮你解决问题的酒……你懂的。"她探出她的小手指,让它富有暗示性地滑稽地下垂,然后又缓缓地立了起来。她的眼睛直直地看着我,发出一阵顽皮的轻笑声。"在中国,男人们喝它来改善在房事上的表现。"

听到这里,我真是相当尴尬啊,但我不打算向她认输。

"好吧,好啦。那一瓶呢,你喝过吗?"我指向了另一个暗色瓶子,瓶子的标签上画着竹叶和一个穿着旗袍的少女。莉莉的表情严肃了起来。

"那瓶你可以留着,"她说,"男人把责任推到酒身上,或是女人身上,其实并不是……酒不醉人人自醉,男人迷醉的时候,就会允许自己被勾引。"

我真不知道她到底在说什么。我错过了什么信息?我静静等着,因为看上去她还要对我讲更多。

"不论我多恨他的情人,我都不怪她……"外婆以一种前所未有的认真表情看着我。她的身子在吧凳上微微摇摆,仿佛人要晕过去一样。

"外婆,你还好吗?"我问她。她的眼神飘忽不定。

"抱歉,海伦。"她说。深深地吸了一口气之后,她似乎重归镇定了,然后她的情绪转瞬即逝,又笑了起来。"等你到了我这个年纪,也会有太多回忆,而并不是所有回忆都让人开心。"

"我听不懂,外婆。"

"那瓶子里的酒,就是你外公过去经常喝的,最后就是那种酒杀死了他。真希望那种酒早点儿把他杀死。"她这样地谈论起那个她应该深爱过的男人,我真的被吓到了。外婆低头看着自己的鞋子,因她紧锁在自己心中几十年的秘密而羞愧,如今终于第一次放声说了出来。

我匆匆转换话题,很快,她便恢复惯常的平静,但喝完茶她站起身的时候，转身指着那个瓶子，最后又向我发出警告："那东西有毒。不止对身体有毒，而且对男人本身有毒。它将你外公从一个好男人变成了一个坏男人。"

关于外公，我所知道的一切，都是这种语焉不详而又极为神秘的传闻，外婆只在不经意的时候给出一点。我想了解更多，便开始去发掘这个混乱故事的全貌，这是一个关于伤害的故事。

他名叫郭展，生于1914年，比外婆大四岁，于1961年死于英国，那是他到英国之后的第二年。他跟着外婆来了英国，最终埋葬在英国的土地上。每一年，外婆都会去他的坟墓祭拜，在石碑上放一个花环，然后点燃三炷香，一炷插在石碑后，一炷插在前面，一炷指向东方。

有一年，我陪着外婆和妈妈去祭拜，也点了三炷香，进行了这项简单的祭拜仪式。外婆说过很多关于他的刻薄话，显然他伤害她很深，但同样很明显，她依然对这个死去很久的男人有着感情。

妈妈谈起他的时候，语气非常骄傲。不过被逼问时，她也会承认，自己对他几乎不了解。她对他的尊敬，就是中国文化中一个父亲期待从女儿那里得到的尊敬。

我们姐妹三个，一直都不自禁地幻想关于这个神秘长辈的事情，因为小时候，外婆曾经严厉地告诫，不允许我们碰餐厅里面那个小神龛一指头。那一年，应该是我九岁的时候，我终于被自己的好奇心战胜了。有一天，当外婆离开家去街角的商店时，我趁机仔细地探察了一下外公。

那次"偷袭"非常冒险：我必须得爬上一个椅子，伸直身子，整个人摇摇晃晃的，才能够到那个相框。那上面落满了灰尘，不过我不想留下任何痕迹，所以就用衬衫的花边擦了擦，然后，第一次审视我外公。

那是一张黑白的头部近照，照片中的男人留着短发，高颧骨，眼睛炯炯有神，即便是在这样晦暗陈旧的老照片中，依然闪耀着生命的火花。嘴唇很丰满，容貌有些阴柔，非常出众。他的眼睛中还流露着一种哀伤。他的样子和我妈妈有一种出奇的相似。

这张照片在照相馆中被定格时，他正是最年富力强的时候，和外婆刚刚开始爱情故事。在那个时代，他们的爱情非常不同寻常——他们的婚姻，不是由亲戚或同乡的长辈安排的，完全是因为命运和香港这样的城市所创造出来的巧合。我猜，外婆所选择记住的，是那个时候的他，而不是他后来变成的样子，不是他被那个城市黑暗的一面腐蚀后的样子。

2002年，我在香港的时候，通过自己的努力发现，外公和外婆一样，生命的故事也是从广州开始的。实际上，他出生的村庄，距离外婆家的村子只有几里地而已。他们家的房子比外婆家的小屋要大一些，家中富裕很多。郭展的家境比当地的农民家庭要好很多，因为他们家经营着一家生意不错的餐馆。那个村子就在海边，有一个小港口，喧嚣忙乱，很多渔民和生意人从那里经过。那里也受到了三合会势力的控制。

不过，主导那里的，依然是缓慢而单一的乡村生活节奏。食客们可能在餐馆中消磨一整天，没完没了地喝茶，吃些奇怪的小吃，打发掉时间。

如果下一滴雨，整个村子的所有活动都会停止，大家都会跑到餐馆里面去喝一碗汤。无论何时，男人们干完了一天的活，会聚在饭馆里面，闲谈胡扯，盘桓到深夜。店里面也有一些碰巧经过这里长途旅行的客人，停下来吃喝些东西，打听一下最近发生的新鲜事。

小饭馆是村庄生活的真正中心，而郭展的父亲，郭周，就像一个仁君一样统治着那里。他块头硕大，长得像熊一样，脸上总挂着微笑，又胆气过人，把一辈子的时间都用在了餐馆的生意之上。当地人都很亲切地叫他"肥周"。众所周知，他热情好客，是个特别好的店主人，同时担任着村子里"说书人"的角色。

那个时代的乡村,当然没有电视,也没有流浪艺人。作为一个"说书人",肥周会反复讲些民间故事,或是讽刺村子里的滑稽人物,有时候他甚至会用茶叶进行占卜,说出关于某个顾客的未来的夸张预言。

对于中国人来说,做说书人,并不代表要有原创性,或是要凭空编造出故事来。他们相信他们的黄金时代属于很久之前的过去,所以,一个好的说书人要能够解读出祖先留下来的信息中包含的好兆头或是坏兆头。肥周搅动杯中的茶叶,或是晃动香烛的时候,是在向他的顾客的祖先祈福。

可能会有村民情绪激动地过来,乞求肥周能说出一些来自过去的美好预言;当和蔼的店主人以一杯乌龙茶帮他寻求到令人安心的结果后,村民就会如释重负、感恩戴德地离开。也许可以说,这是一种社会服务。

肥周对待自己的职业非常郑重,他因此获得了许多古老的智慧财富,了解那些过去村民知道的,而被现在的人忽略或误解的事情。生意不太忙的时候,他就会坐在角落里,观察店里的客人,把对人的印象和各种趣事储存在脑海中,以备未来的仪式所需。由于他对这项传统忠诚尽心,能一杯接一杯地饮茶,因而成了这方面的大师。

而他的儿子，郭展，似乎对继承父亲的职业，或是家里的生意，都没有表现出多少兴趣来。他的眼睛和野心都投向了村子外面的广阔世界。这令他的父母非常失望。他们需要他帮忙，在他父亲和客人聊天的时候，他要负责招待客人，准备食物；不忙的时候，他便在角落打上好几个钟头的盹，无聊得要命。

他觉得自己被家里和餐馆困住了，等他到了十几岁的时候，便开始觉得餐馆的工作痛苦万分。在和肥周的茶叶共度了那么多年之后，在经历了那么多年的乡村沉闷时光之后，他希望能够去看看广阔的世界，去见识一下新东西。自然而然，他对只是碰巧经过、没有那么受店里欢迎的客人更加感兴趣，而他寻找到了自己的一份商机——下象棋。

象棋非常流行，而象棋也是一项赌博的游戏。很多晚上，都有几对棋手，坐在不怎么牢固的竹桌两边的小竹凳上，占据自己惯常的位置。棋盘画在一张薄薄的大纸上，棋子是用木头块雕刻而成的。而赌注也会摆在桌上。

大多数的玩家，都是临时起意的赌徒，一时兴起加入，但是有些是职业骗子，依靠诈骗毫无戒心的陌生人来获利。他们的套路和赌博一样古老：先是用精湛的演技故意假装输掉几局棋，把赌注推高，然后一击致命，击败对手，探手到桌子那边，把所有的钱都扫进自己的口袋。

骗子们几秒之中就能评估出一个下注人的能力,他们很看重自己的技艺。他们会让自己选定的受害者先选边,甚至让他们先走,以引诱他们加入。如果他们不是在假装,那这样的举动是非常自信、张扬而又非同凡响的。年轻的阿展过去的日子基本上就是在斟茶倒水,在他看来,这样的事情真的充满刺激,令人向往。

虽然他父亲不赞同,但是没多久,阿展还是参与了这种事情,并且开始自己行骗。他很聪明,很快便在村子里的棋手中赢得了名声,而他的自信也开始不断膨胀。他非常机灵,懂得利用自己的年轻来引诱猎物。"来吧,老兄,再来一局,"他会带着巴结讨好的笑容说,"我年幼无知,比不上您经验丰富,我开始这一局的好运气,到了下一局肯定就没了,是吧?"

当然事情从来不是这样。常客们听到阿展这种标志性的套话,都会暗自发笑,退到一边,看新来的倒霉蛋咬下诱饵。阿展将这称为"丢小鱼抓大鱼",他学会了一次一个地将人钓上钩。

他父亲看着这一切,焦虑不安。阿展不再受自己掌控,不再听自己的话。肥周看得出来,自己的儿子很聪明,足智多谋,能左右逢源,但是他把这些天赋都用在从肥周的客人中挑选欺骗的对象,而不是用来提升自我。肥周能容忍象棋,因为棋局可以带来客流，但是下棋的人常常会在棋局上发生争执，何况还有围观者的撺掇，最后总是肥周出马收拾局面，抓住打斗双方的衣服领子，将人丢到大街上去。

如果打斗的人中有阿展，阿展也会被丢到泥泞的路上——肥周从不纵容自己的儿子。他的态度激怒了阿展，阿展本来想在自己的朋友面前一展身手，却遭受了这样的羞辱，所以，父子之间一直摩擦不断，并且不断激化，双方的关系越来越疏远。

肥周是一个传统的人，他相信父亲是一家之主，是绝对的统治者。他时时挂在嘴边的是一句传统的中国名言："君者，盘也，盘圆而水圆；君者，盂也，盂方而水方。"他希望自己的儿子能表现得像水一样——能孝顺父母。

阿展走向了不同的路。他的一个堂兄阿云在村子中经营了一个非法赌博窝点，阿展在能离开餐馆的时候就会去那里，和阿云那些沉迷赌博的主顾们混在一起，干些骗人的勾当，陷在粗俗的诱惑中。在阿云那里，提供的是诱人的酒水，而不是乏味的茶，那里的赌注和输赢的钱数额都很大，这是阿展从来都不敢在象棋游戏中投入的。

由于阿展能说会道、胆气过人，又遗传了母亲的好样貌，所以，吸引了去那里看赌博的女人们的目光，很快他就依靠小小的恭维和称赞，从这些女人口中打听到了很多事情。他觉得，这个地方，就是他通往成人世界、离开村庄的出口。

他的父母见到儿子的机会越来越少。他交了新朋友,而那些朋友认识三合会的人,阿展被那些美丽而危险的女人和黑帮铤而走险的故事迷住了,他早晚都会和他堂兄们一样加入三合会,这只是个时间问题。

只要有中国移民社群的地方,就有三合会。我和姐妹们在曼彻斯特长大,都知道三合会就是生活中无从逃避的现实。社区的每个人都知道当地的首领是什么人——我们甚至和他们的孩子一起玩耍,一起在华语学校上课!我们都听过很多惹恼了三合会遭到疯狂报复的恐怖故事,听过新成员加入帮派的时候需要发下的奇怪的血誓。

至于我们听到的那些故事的细节是真是假,我并不知道,这些故事当然都是警示传说,三合会就是故事中的妖怪。如果我们的行为经常有失,父母就会说,三合会会来找到我们,将我们抓走。我们都是顽皮的孩子,但我也只能说,他们从来都没有闯进家门将我们带走。

郭展加入三合会的最初,是给一个当地的骗子团伙跑腿。他组织了几个孩子和年轻人,帮助团伙的人跑腿或是递送东西,那些人已经太有名了,不敢在白天的时候冒险露面。

对于阿展这样的小鱼小虾来说,唯一重要的就是他的大佬,以及他们之间的关系——他是可以想象得长远一些的。他希望自己能得到当地三合会组织的青睐，而他的大佬也是支持的，夸奖他，将很多小事委托给他做，明里暗里地暗示如果他好好干活会有好结果。他送给了阿展一辆自行车，阿展便趾高气扬地骑着这辆自行车去跑腿办事。十七岁的时候，大佬第一次让他陪同自己顺流而下去香港，大佬说有些紧急事情需要处理，需要阿展的帮助——有一项契约出了问题。阿展迫不及待地抓住了这个机会——他过去从来都没有离开过村子，他过去经历过的都不过是村子里面三合会的小打小闹，根本想象不到香港的一切会有更高的风险。

他的大佬只告诉他他们要去对付的人的名字，和能找到那个人所在的码头的地址——事情非常简单，他说，不论发生什么，他们都不能被人发现和这个组织有过交流。

阿展点点头，努力不去想新近发生的一宗意外。他的一个朋友被大佬派去偷一个集市上的商贩的钱，以检验他是否有勇气。那个摊主是卖锅的，是一个很肥的下手目标。

那个男孩带着一把锤子，想要敲晕摊主，然后拿上钱迅速逃跑，但是那个摊主看到他走过来，一拳将他打倒在地，然后又扑上去暴打他。警察过来带走了男孩，将他关在小牢房里面，又把他暴打了一通，还用一块火红的滚烫的烙铁烙在他的背上，作为小偷的标记。

男孩被放出来之后,阿展几乎都认不出自己的朋友了——他的脸上满是瘀青,五官肿胀,面容扭曲。一旦被抓住,就是这样的下场,阿展并不希望这样的事情发生在自己身上。

1931年,莉莉已经在香港住了六年了,而阿展,不管他如何骄傲地吹嘘,毕竟那是他第一次离开广州那么远。风迎面吹来,小渡船摇摇摆摆,在浪尖上颠簸。整个航程,阿展都躲在下层的甲板,以避免让大佬看到他呕吐的样子,而他也因此错过了船驶入港口时的景观,没有看到那些巨轮和岛上的山峰从海中浮现出来的情景。在渡船引擎的轰鸣中,他也没有听到码头上传来的喧嚣之声。

当他从船舱出来,香港就像一个浪头一样拍在他的面前:汹涌的人潮,高耸的建筑,喧嚣的噪音,各种的味道,奔忙的狂乱……阿展站在甲板上,像所有初来乍到的人一样目瞪口呆——那种样子会惹得莉莉放声大笑,她现在已经是一个城里的女孩了。看着男孩脸上那不敢置信的样子,阿展的大佬大笑不止,前仰后合。他抓住阿展的胳膊,拖着他爬上通往码头的梯子,领着他穿过人群,直接去了一家餐馆——那里灯光昏暗,脏乱不堪,桌布滑腻。

阿展稍微恢复了一些,开始觉得自己是个成功人士了。大佬的朋友在这里举足轻重，他让阿展陪他过来料理生意，他点了菜单上最好的食物，还要了很多酒。

那一天，阿展和大佬尽情享用了一餐叉烧，叉烧肉是精选的猪肉块，用五香粉、蜂蜜、酱油、米酒等腌制，然后用叉子架着在火上烤，直到肉变成暗红色和炭黑色。阿展第一次吃了生蚝，那是刚刚从海里捞出来的，肉缩成一团，他在上面淋上柠檬汁，吞了下去。

他的大佬替他斟满酒杯，看着他喝光，然后又将酒杯倒满。他一直给阿展倒酒，看着过去几乎从来都没有喝过酒的阿展，脸慢慢地变粉泛红，变得几乎和叉烧肉一个颜色。阿展欣喜若狂。多希望父母能看看他现在的样子啊！他就要功成名就了——这顿饭，肯定不过是个开始，以后还会有很多这样的大餐。这才是他应该过的生活，他一边畅快地喝着酒，一边想。

他们离开餐馆的时候，夜幕已经降临。那时正是冬天，太阳一落，气温就直线下降。走在码头上，海风呼啸而来，冰冷而刺骨，直接吹透阿展那破旧的乡村布衣，让他一瞬间感觉冷彻骨髓。浓重的雾气笼罩了港口，并向空荡荡的街道蔓延。

此刻的香港如同一帧黑白照片，因为到了晚上，市场上的摊位都收了起来，店铺也大都关门歇业了。那些还在营业的餐馆则把门关得很严实,将狂欢者的声音关在了店内。此刻,仿佛天堂从天而降,离人间近了许多,将阿展和他的大佬从上而下罩住。

阿展已经在餐馆里面狂笑过了,喝过酒的脸已经变成了亮红色,走在冷冷的街道上,他摇摇晃晃,口齿不清,慢慢地跟在大佬身后,心中只希望回家上床睡觉。

他记不住他们走的路线,但是大佬似乎是一直向着在码头边停泊的小船队而去的。他的情绪已经和刚才完全不一样了。在餐馆里面,大佬非常放松、肆意;此刻,大佬开始着手处理真正的生意,变得强硬而冷漠。大佬对在身后摇摇摆摆跟着的十七岁男孩道出了计划,尽管阿展听得稀里糊涂,但是他从大佬说话的口气中能听出来,接下来要发生的事情非常重大,不容有失。

他脚下的人行道渐渐变成了木头栈板,阿展谨慎地踩着步子,一步一步往前挪,抬头时才发现他们正走在长长的防波堤上。防波堤的一侧,停泊着一排排的平底帆船和渔船,随着波浪上下起伏。大多数船都是空的,船员们早就趁着短暂的休息时刻上岸去寻欢作乐了;不过还有一些船只,在甲板上或是船舱里点着一盏孤灯——也许是守夜人或是睡觉的船员点上的。

他们停在一艘平底帆船前,阿展受命守在防波堤上望风——如果有任何人过来,特别是警察,他就要出声示警。任何事情都不能打扰这次会面。阿展决定不问这次会面是为了什么，大佬也没有主动告知他。他注意到，只要大佬提到船上的那个人的名字，就会勃然大怒。大佬压低了声音吩咐阿展，喝得醉醺醺的男孩能够感受到那些话中暗含的威胁。

大佬悄悄上了船就不见了，留下阿展在码头上，他的耳朵里充斥着海浪拍打船舷的声音。时间一点点过去，他不安地四下环顾。如果大佬回不来了该怎么办？如果大佬遇到了麻烦需要帮忙该怎么办？如果警察来了，他还有胆量喊出声吗？

他不舒服地移动着已经冻僵的双脚，掐自己的脸颊，想让自己的注意力保持集中。他努力让自己镇定下来。一阵激烈的争吵声打破了沉寂，他转身看向船只的方向，支起耳朵仔细听，想听清楚争吵的内容——他能听出有他的大佬咒骂的声音，然后是扭打的声音，接着，是一阵好像鞭炮炸响的尖锐的声音，回声在港口中飘荡。

那声音就如同电流一样穿过阿展的身体，让他猛地惊醒过来，心跳如擂鼓。他口干舌燥，心里想，他知道那个声音到底是什么——那是枪声！他睁大眼睛，望向黑暗，他的大佬从船上跳下来，顺着防波堤跑过来，脚步重重地踏在栈板上。

"快跑！"大佬喊着，全速地从阿展身边飞过，"快跑，小子！"

阿展看到大佬的身影一闪而过，然后他听到了从其他船上传来的叫声——突然之间，整个港口里面的灯都亮了起来，人们纷纷冲向渔船停靠的甲板。阿展掉头就跟上大佬，一边跑一边听到警钟声疯狂地在码头上回响。

他可以看到码头周边房屋的门窗都被猛地推开，餐馆里的人全都跑到了街上，人们吵吵嚷嚷，指指点点。码头从阿展脚下掠过，风在他的耳边嘶吼，他的肺似乎已经爆炸了——他到底能往哪里跑？他紧跟在大佬身后，跳到了右翼的一段防波堤上，这时响起了尖锐的哨声，表明警察已经到了。

他扭头模模糊糊地看到，穿着蓝色制服的人顺着栈板狂奔入码头，跑向防波堤。他大声给大佬示警，转过头却只看到大佬已经猛地转弯，爬上一道梯子，然后钻进一间大仓库的门口，不见了身影。

只剩下阿展孤身一人。他不了解香港，也不了解码头区的布局，此刻这里就像是一座迷宫，他盲目地爬上了遇到的下一道梯子，飞奔而去，他身体一侧紧贴着一道高墙，却不敢爬上墙穿过街道，害怕因此而迷失在复杂的大街小巷中，便会被人趁机抓住。只要前面还有路，他就一直向前跑。这时，又传来了一声枪响，墙上的一块水泥炸裂了，尘埃如细雨般飘散。

转眼到了码头尽头，阿展摇摇晃晃地站住身子，猛烈地喘着粗气,将空气吸入灼烫的肺中,绝望地环顾四周,希望能找到一条逃生的路线,但他的眼睛里溢满了泪水,什么都看不清楚。要离开码头,需要通过一道拱形的钢架桥,那桥非常陡。慌乱之中,阿展低下头,全速地冲上那道斜坡,调动着身体最深处的力量,浑身充斥着肾上腺素,已经没有别的感觉了。

当他爬到桥的顶部,看到有两个穿着深色制服的人正从桥的另一端爬上来,手里的手枪正远远地指向他,他身体中的力量一下子被掏空了。他转身看到另外两个警察已经到了桥的底部,正准备爬上来。他向前看了看,又向后看了看,他的心不受控制地一跳,看到了一条出路。

大佬的话在他脑中回响,"不管做什么——都不能被抓住。"朋友那张被警察打过之后的脸在他眼前一闪而过,然后他就用颤抖的双手抓在桥的栏杆上,靠在上面。桥柱立在小小的礁石上,海水打在石头上,被劈成白色的浪花,绕着石头打转。阿展不得不收紧胸腔。

他抬头望去,看到了香港的灯光,两边的警察在一点点地向他靠近,手里拎着灯笼,大声喊着,让他束手就擒。阿展积聚起身体深处的力量,把手掌按在栏杆上,用颤抖的手臂支撑起自己的身体。这一刻,他想到了自己的父母,想到了自己有多愚蠢,想到了他的那个朋友和朋友那乌青的脸。恐惧似乎无处不在。他心中无声地祈求祖先保佑,调动最后一丝力量,撑起身子,翻过栏杆,翻向了夜晚的深处。

我能想象出他无声坠落的画面。桥从他身边溜走,他觉得自己像是飘浮在空气中,看着自己的手在空中疯狂地摆动,仿佛它们不属于他;然后他的脚撞到了水面,转瞬之间他的整个身体都感受到了下坠后的撞击。疼痛,水面的冲击,将他吞没。他的嘴张着,眼睛睁着,感受到了海水带来的刺激,他在冰冷的黑色海水中下沉,自身的体重拉着他越坠越深。他无比渴望能活下去,能再见到父母,向他们道歉,他的脑海中浮现出了父亲的面孔,然后他失去了知觉。

警察把灯笼照向水面,大声问码头那边刚刚过来的警察是否看到了什么——没有任何阿展的踪迹。他们从桥上跑下去,到了人行道上,讨论起来,都不可置信地摇着头——你看到了吗?他撞到石头上了吗?你相信他还活着吗?他疯了吧?

他们都很了解这片区域——这座桥很高,下面水流湍急,水域未经开发。他们决定第二天早上再乘船来这个地方,检查一下是不是有尸体被困在了水面下,看看是不是有尸体被冲到下游被发现的报告。然后他们便各自回家了，留下阿展去面对死神。

他们应该往桥下面更深的地方多看一下的。阿展向祖先的祷告应验了，波浪起伏，将他推回到了水面上。他的衣服是他的救生圈，因为在下落的过程中，衣服中充满了空气，而水将他的大褂锁在他身上，仿佛给他穿了一件救生衣。一个浪头拍在他的脸上，他呛了海水，猛烈地咳嗽起来，阿展一惊之下清醒了过来，除了肺部的刺痛，与体内酒精、海水和肾上腺素混合在一起引起的恶心外，他几乎没有其他的感觉。

他四下环顾。水流带着他快速地漂过港口，漂向远处。他大声呼救，可是毫无用处，此刻他已经距离海岸太远，根本不会有人听到。他试图再让四肢生出些力气来，脚下踢着水，胳膊挥舞着，但是他很快就筋疲力尽了，而他离香港的灯光比他刚清醒时更远了。他的手脚开始丧失了知觉，脸也僵硬得像是一张面具。

那天当中第二次，他感到自己的生命力正从体内溜走，他想起了幼时妈妈给他讲的故事，关于孩子睡着的时候有神仙守护着他们的传说。他不想孤独地死去。他向神仙祈祷，希望他们来救救他。他祈祷能回到广州。而也是那天中的第二次，他意识到他在下沉，沉入港口底部。

在外婆跟我讲过的她的生命故事中,最不可思议的一段,就是她和外公的相遇。香港带来命运的离奇交织,机缘巧合之下,莉莉和阿展被牵到了一起,海水将他推向了她。

那时,外婆只有十三岁,刚做初级阿妈几个月——实际上,当时还是她的第一份工作。每天早上,她和伊娃都争取一起带着各自照顾的孩子去散步,但就在阿展到达香港的苦命之旅的第二天,她和伊娃没有去半山区的公园,因为她被派去为当晚的晚宴买些鱼。

厨师反复强调,必须是鲜鱼,眼珠要还非常坚硬的——这一点是鉴别鱼是不是新鲜的关键。莉莉和伊娃直接去了港口,而不是去市场,她们都很机灵,知道在那儿可以直接从渔民手中挑选。太阳一升起来,渔船就会进港,大部分的渔获会被大的批发商买走,他们在滨海巨大的仓库中将鱼分类打包,有些水手会暗地里做些小买卖,卖给过路人一两箱赚上一笔。

伊娃和莉莉都喜欢这个临时鱼市的刺激,一个摊位接一个摊位地逛,努力装成准备拼命砍价的成年阿妈,但心中全都惊讶不已:那一片片的银色鲭鱼和鲱鱼,硕大的金枪鱼简直比锅还大;鱿鱼软塌塌地堆成一堆,周围是带壳的生蚝和深青色的贻贝;还有一筐筐的虾,都还在不断扭动着它们的触须。

她们选好鱼,莉莉趁机使用父亲曾经教她的方式来讨价还价。

搞定一切后，她们走回海岸边吹海风，眺望远处，玩着她们最喜欢的一个游戏——猜测那些船只会去向何方，在那些异国的土地上生活是什么样的。

是莉莉先看到了海浪中漂着什么东西。她大声叫伊娃，打断了她的话，指向水的边缘处。那里有一个暗影，陷在脏兮兮的灰色沙子中，一半在水中，一半露出水面——看上去像是一堆脏兮兮的破布，或是一团垃圾。伊娃觉得不值得去查看，也不想为了满足莉莉的好奇心把自己的鞋子弄脏。于是莉莉便离开伊娃，独自越过围栏，小心翼翼地穿过沙滩，过去看个究竟。

渐渐走近时，她惊恐地意识到，那原来是一个人——一个男孩——破布就是他身上的衣服，贴在他瘦弱的身体上。他身上挂着白沙，还有干了的盐巴，他的腰上还围了一圈海草。莉莉捡起一根浮木，慢慢地靠近。她试探性地捅了捅那个人。没有反应。

站在路上的伊娃喊着问道："他还有气吗？"莉莉耸了耸肩，又转头去看那人，还拿木头捅了捅。依然没有动静。她绕着那个男孩转了一圈，蹲在他脑袋旁边。她用手指将他眼前的一绺头发拨到一边，凑近看了看他紫色的嘴唇、红通通的眼圈。她跪在沙地上，俯身靠近，仔细聆听，想听到生命的迹象，而奇迹般地，她听到了男孩隐约的呼吸声，他在微弱地吸气呼气。

她冲伊娃大声叫，说他还活着，伊娃欢呼一声，急匆匆跑着去找其他人帮忙。莉莉打起精神，把男孩的身子翻了一下。猛地一下，男孩变成了躺着，眼睛惶恐地睁开。他想要坐起来，不过又摔倒在沙滩上。他觉得水的重量依然压在他的身体上，他需要用力去抗争，但是他的肌肉都疲惫不堪，身上毫无力气。

他挣扎着起身，咳嗽了起来，吐出些海水，感觉生命力又回到了身体中，随之而来的，还有疼痛。他感觉清晨蔚蓝的天空太过明亮了，他遮住被盐刺激得已经模糊的眼睛。他注意到了身边的女孩，在太阳的照耀下，只看到一个身形的轮廓，她靠得越来越近，脸渐渐地清晰起来。他觉得她很漂亮。

这肯定就是他祈祷的神仙。她正笑着，他们的视线第一次相遇，他不假思索地回以微笑。莉莉的脸唰地泛红，她羞窘地用手挡住自己的嘴。是的，这就是他祈祷的神仙。她确实救了他。

突然之间，他们身边围了一圈人——伊娃已经从市场那边找来了一伙渔民，他们把男孩从浅滩中拉出来，他呻吟着，又吐了些水出来。他们让他靠在一块石头上，将一块从一条渔船上找来的脏兮兮的毯子盖在他的肩膀上。

有人给了阿展一罐水，那冰凉的瓦罐一贴到他的嘴唇上，他就饥渴地喝了起来，好冲洗掉嘴里海水咸涩的苦味。他听不明白人们在说什么。另一个渔民用力揉搓着他的后背,还有一个人正试着温暖他的双手。

一个额头上扎着束发带的瘦高个男人蹲在阿展身前,问他记不记得发生了什么。阿展心里惶恐,支支吾吾地说自己是从一条船上掉入了水中的。那群人惊奇地窃窃私语,都认为那天早上的水流非常猛。又过来了几个看热闹的人,人们争论着该拿这个男孩怎么办。

他应该被送去医院,他体温过低,应该看医生——他们全都同意这一点,但是没有人愿意出头,拿出自己辛苦赚到的钱,来帮这个无家可归的孩子付医药费。他们围着湿透的男孩,有些渔民意识到事情有些奇怪,开玩笑说他们要把他扔回海里面,就像对待那些没办法让他们赚到钱的小鱼那样。

扎束发带的那个男人提议说,他们应该通知警察。听到这句话,阿展立刻激烈反对——没有必要这么做,他坚持说,他过一会儿就会没事儿的。渔民们都挑了挑眉毛,向后退了几步。事情越来越奇怪了。大部分人都不想多管闲事。另外,他们还得去卖鱼,但他们对这个从水中死里逃生的男孩有些同情,所以也不想丢下他不管。

在这伙男人争执的喧嚣声中,出现了一个小小的声音。那声音来自莉莉,她宣布说,她会把这个男孩带回自己家中照顾他。渔民们爆发出一阵粗鄙的笑声,他们都注意到了阿展漂亮的脸孔,然后便开始浮想联翩。莉莉的脸变红了，先看了看郭展，又盯着自己的脚。

然后，领头的渔民耸了耸肩，说交给莉莉随意安排，人群就飞快地散开了，就像是聚集起来时那么快，他们一边走一边拍着彼此的背，模仿着莉莉说要带男孩回家时候的声调。

当然，莉莉并没有把郭展带回家，伊娃在旁边呢。等到渔民们都不见了，只剩下他们三个人的时候，伊娃就爆发了，开始大声训斥她，而且训起来就没完没了。伊娃直言，把虚弱的男孩留下来照顾，就像是照顾从市场里买来的肥鱼，这主意简直糟透了，因为很显然，他惹了麻烦，很害怕警察。

但莉莉非常固执，直截了当地说自己已经拿定了主意——而且，确实，她真的打定了主意，她已经开始想入非非，想象着自己和这个帅气的男孩开始怎样的新生活。两个人的讨论产生了分歧，很快就激烈地争吵起来，就在阿展脑袋上方吵个不停，两个人都不可自控，最后是阿展的干咳声打断了她们，让她们暂时停止了争吵——伊娃抱着胳膊，莉莉盯着自己那帅气的收获。

阿展依然被冻得不停发抖，现在他已经开始发烧了。两个女孩又蹲在他身边，想尽办法照顾他。伊娃用双手握住了男孩的手，给他取暖；莉莉则轻抚着他的头发，想让他平静下来。

外婆讲这个故事的时候，总是反复说，当今可没有人会这么照顾一个陌生人了。她说得应该没错。我相信她的故事，但是依然非常震惊，十三岁的她居然会被一个陌生人迷成这样，竟然愿意带他回家见家人。这样见未来的丈夫，肯定不同寻常。

然而现实开始打破她美妙的幻想，我那理想主义的外婆突然间意识到，自己没有办法把那男孩带回家——她太忙了，而且无论如何，她妈妈也不会允许她单独和一个单身年轻男人相处。

郭展也在思考，女孩们对他的照顾起了作用。他能够感觉到衣服里面的沙砾，能感觉到阳光照在脸上的温度。他现在迷失在一个陌生的城市，孤身一人，没有足够的钱买回家的渡船票。他的大佬肯定对他非常生气。警察可能正在找他，也许认为在平底帆船上开枪的人就是他。

渔民们把在海滩上的发现传出去，传到警察耳朵里，警察过来找他，这只是个时间问题。他努力站起来，向两个女孩鞠躬致谢，问她们在哪里能搭上回广州的渡船。莉莉和伊娃都失掉了刚才冒失的勇气，开始表现得像个教养良好的年轻女孩。她们窘迫得迈不开步子，咯咯咯轻声笑起来，面面相觑，又看了看阿展，之后又望了望彼此。

阿展叹了口气，意识到她们年龄有多小——她们让他想到了自己的妹妹——显然，他没有办法从她们那里打听到任何有意义的事情，因为他根本不知道自己该往何处去，只是沿着沙滩而行。莉莉和伊娃冷静下来，简单讨论了一下，她们拿出了身上仅有的一点点钱，又添上了早晨买鱼时剩下的钱。她们可以编一个故事来解释——厨师很信任她们。而且，这也不是每天都会发生的事情。

莉莉追上蹒跚着离去的阿展，脸红红的，甚至头皮都在发烧，她将手里的一把硬币塞给他，嘟囔着让他去吃点早点，说话的时候，她的眼睛一直都垂着。阿展接过钱，他被莉莉的举动打动了，便开口问她的名字。

莉莉扭头看了看伊娃，仿佛要说的事情是什么重大的秘密，然后轻声说出了自己的名字。阿展迎上了她的目光，将她的名字在心中重复了一遍，暗暗发誓，无论如何都不能忘记这个救了他的女孩的善意。

"我的仙女。"他说。

莉莉转身朝伊娃走去，路上回头看了看那个帅气的年轻人，他站在码头上，衣衫褴褛，赤着脚。阿展看着她离开，然后转身走向了城内。他走入街巷，不知道自己该去哪里，该做什么。莉莉和伊娃则返回了太平山。

那一天，阿展没有搭渡船返回广州，第二天也没有。他留在了香港，开始打造自己的生活。起初，他混迹底层，从事他能找到的各种卑微的工作，从中赚取微薄的薪水。他没有忘记莉莉，但是一年年过去，他从没有想过他还会再见到她——在这个熙攘的城市，初次将他们带到一起的机缘不可能再次出现。

最后，阿展找到了一份稳定的工作，在一家新开的玛丽女王医院中担任护工，医院位于薄扶林，那是太平山脚下的一条山谷。那时他已经二十五六岁了，人长大了很多——因为在香港街巷中的艰难生活，身上那种叛逆气息收敛了很多——现在他非常知足，工作带来稳定的有规律的收入，令他心满意足。他也很擅长和病人们聊天。

太婆去医院看一个小病的时候，喜欢上了这个工作努力、机灵敬业、讨人喜欢的年轻人——他没有什么钱，但是正和莉莉匹配，他能对她言听计从。

太婆不知道阿展和莉莉曾经见过，尽管，这可能一点都不重要。毕竟，莉莉从来没有告诉妈妈自己曾和阿展之间发生过什么。所以，当太婆邀请这个年轻的护工到自己家见莉莉的时候，她并不知道自己安排了什么。

听到妈妈说，让她打扮整齐见一个新朋友时，莉莉并不知道会发生什么事。当小公寓的门打开之后,阿展就站在门外——没错,尽管年纪增长了,但很明显就是她从海港里拉出来的那个五官英俊的帅气男孩——她呆住了。与此同时,阿展也一下子认出了她,他震惊无比,和太婆以及这个女孩交谈的时候始终都磕磕巴巴的。太婆有点奇怪,不过依然觉得自己促成了一段良缘——显然两个人一见钟情。

接下来的几个星期,阿展成了家里的常客。他开始认真地追求莉莉,而太婆则在暗地里转悠,扮演着尽心的监护人的角色。有些时候,这位长辈似乎无处不在;但更多时候,两个小情人可以单独相处和聊天。中国社会在发生变化,甚至连太婆都明白求爱有了新规矩。

这对小情侣变成了"电影迷",经常去湾仔当地的小电影院,看最新上映的来自遥远的好莱坞的电影。他们肩并肩坐在黑暗中,紧紧地握着彼此的手。星期六下午,他们会去太平山散步,尽览香港的无边美景,聊起天来就没完没了。他们不仅仅来自广州的同一个地区,而且阿展还听说过梁家的事情。

梁庆昌遇难的事传播很广,阿展当然经常会在肥周开的饭馆里听那些常客提到这件事情。他明白为什么这个漂亮的女孩身上总有些忧郁的气息,他柔声地鼓励她,让她说出曾经的遭遇。最后,她都讲了出来,磕磕绊绊地,讲了父亲为了家人的付出,讲了消息传来时的情景，讲到了年幼的自己的愧疚。

听着她的故事，阿展生出了保护之心。他能看出她依然深深地陷在往事之中，他暗自发誓，一定要努力查出当年到底发生了什么，到底是谁犯下了这样的罪行。这是他应该为他的仙女做的最基本的事情。

也许因为年幼之时就失去了父亲，莉莉对阿展的感情有些复杂——她很快就爱上了他，她既想去保护他，又想被他保护。她分不太清楚父亲和她的新男友所代表的意义，她觉得尽管她害死了父亲，但是她救了阿展，这能够令她得到救赎。

没多久，他们便难以分开，生活的意义全都为了挤出来共度的那短短的时刻。在这之前，莉莉从来都没有谈过恋爱，而对她来说，阿展以那么奇特的方式出现在她的生命中，既熟悉又特别。而对阿展来说，莉莉似乎有着西式的行为举止，二十多岁依然未婚，她的独立非常吸引他。她坚定且自信，至少表面上是这样子。

在传统的中国文化中，爱情并不是这个样子的——独立的人格和欲望需要被压抑，这样父母和家族可以促成最有效的关系。太婆和梁庆昌之间的爱情，只是他们父母安排下碰巧出现的副作用而已：婚姻并不代表着爱情，爱情也不意味着幸福。对于大多数的人来说，婚姻就像是抽签，如果你发现自己和某个你爱的人配成了一对，那真的是意外之喜。正如诗人徐志摩的解读:"我将在茫茫人海中寻访我唯一之灵魂伴侣。得之,我幸;不得,我命。如是而已。"

阿展和莉莉的爱情与此完全不同:他们希望获得幸福——在儒家的婚姻观念中这完全不是第一位的——尽管太婆觉得是自己将他们撮合在一起的,但是两个年轻人知道,发生作用的是别的东西。

阿展很喜欢把他们的爱情和《卖油郎独占花魁》的故事相比。在这个民间传说中,有一个名叫秦重的普通卖油郎,偶然惊鸿一瞥,看到了名妓花魁娘子,立刻就一见钟情。一般人都因为花魁娘子的美貌和光鲜而望而却步,他却下定决心要赢得芳心。他省吃俭用,存了一年多的钱,希望能好好地陪伴花魁娘子一次。但他终于说服她与自己出门赴宴时,花魁娘子却喝多了,醉得人事不知。虽然等待多年,但秦重依然非常有耐心,一直安静地坐着,等着她醒来。花魁娘子醒转过来,开始呕吐,秦重就撑开自己的袍子,接住了她吐出来的东西,从而避免了她的尴尬。他的善举和耐心赢得了美丽的名妓的芳心。

而阿展呢,因为他再没有回过家,所以,在他看来,他和莉莉的爱情其实是冲破了一切的社会障碍,他证明了自己是一个足够配得上她的绅士。

你也许会觉得奇怪,但是外婆真的从来都没有追问过阿展在她遇到他之前的那个晚上发生了什么——他为什么漂在港口里，他为什么那么害怕警察。他也从来都没有主动告诉她。他将自己与黑社会的联系都当作秘密，从来都没告诉过她，尽管后来她了解得多了一些，但依然逃避这个话题。外公的故事都是在他过世几十年后，由他的亲戚告诉我的。

阿展依然忘不掉自己差点死掉的那个可怕的晚上，总是在脑子里反复回想——他们刚结婚的时候，他会突然间从噩梦中惊醒，然后就那么躺着，悄声咕哝说自己应该死掉的。单单是那个晚上的回忆就令他额头冷汗淋漓，他会把手放在自己的喉咙处，仿佛海水又涌入了他的肺中，缓缓地令他窒息。

在他们恋爱的那段日子里，他相信自己已经变了，过去都被他甩在了身后——他可以重新清白做人，将卖油郎秦重当作自己的偶像。当他向太婆提亲说想娶她的女儿时，太婆毫不犹豫地同意了。

因为战争，他们在订婚期不得不面对分离，因为外婆必须随着范·霍滕家多次往返日本。郭展继续在医院里面工作，他设法安全地度过了战争时期。在日占时期，他的薪水应该是没有了，不过他依然有以物易物的渠道，能够得到食物和其他物资。

在那可怕的几年当中，是他照顾着太婆。就如同昔日外婆生病住院的时候他照顾她一样，现在他确保太婆在日占的环境下不缺什么东西。他带着食物和巧克力去探访太婆，通常都是在宵禁之后，需要冒着很大的风险。

1945年8月30日，英军重新占领香港，外公和外婆也得以重聚，尽管经历了分别，但他们的感情一如既往。最终，他们在1946年结了婚，外婆和新婚丈夫搬入了太婆的公寓。阿展正式开始在丈母娘的规矩下生活。

阿展送给莉莉的结婚礼物非常简单，但这份礼物所包含的意义不是能用金钱衡量的——他解开了她父亲死亡的谜团。他偶然碰到了几个在广州时期认识的三合会里的朋友，他们听说他要娶梁庆昌的女儿，便打破了沉默的守则，将事情的经过告诉了他。

就如同怀疑的一样，梁庆昌拒绝把酱油坊卖给王老板，被对方认为是一种羞辱，在梁庆昌死前不久，这个竞争对手就纵火给他的作坊带来了巨大损失。而梁庆昌却固执地拒绝重新考虑，王老板便又雇了一个小贼去作坊搞破坏。他给了小贼一些大米，还招待他嫖妓。梁庆昌到作坊里，吓坏了那个小贼，小贼惊慌之下便动起了手。梁庆昌死于误杀。

太婆和家人最终将王老板告上了公堂，王老板被关了些日子。但是那个时代，在中国乡村正义是有钱人才能享受的奢侈品，王老板的家人贿赂当地的官员将他弄了出来。

这样的诉讼也许是白费力气，但阿展解开的谜团让莉莉放下了纠缠她多年的心魔。她心中的愧疚消除了，与此同时，她还沉浸在新婚的喜悦当中，她觉得自己更加爱这令她对过去释怀的丈夫了。他们共同怀着对崭新而开放的未来的期许。

很快他们便喜上加喜，有了孩子——我舅舅阿达出生于1947年，我妈妈宝儿出生于1950年。我在本书中会称呼我妈妈为梅布尔，这是她到了英国后使用的名字——从香港来英国的人通常都有两个名字，一个中文名，一个英国名。阿达到英国后就叫亚瑟，而外婆在决定叫莉莉之前，中文名字是水晶。有些时候，这种改变是出于实用——英国人的舌头不太容易能发出中国名字的音——不过，也有些时候，这样的改变是一种声明，莉莉就是如此。

每个孩子出生后不久，莉莉都会很快重回自己的阿妈岗位，在梅布尔出生之后，她到了伍德曼家工作。雇主其实并不想了解他们阿妈们的家庭情况，显然，有孩子的用人并不会有什么特殊补贴——尽管几乎孩子醒着的时间她们都要工作。她们也没有想过抗议，因为工作的薪水很高，很稳定，比香港大多数的工作都要好。

莉莉花了很多时间照顾伍德曼家的两个孩子和老伍德曼太太，几乎成了两个孩子的代理母亲，因而几乎没有办法履行自己作为两个孩子亲生母亲的责任。她一个星期见亚瑟和梅布尔两次，每次都是在早上见上几分钟。莉莉的一个姐妹成了两个孩子的"妈妈",而太婆也承担了大部分的育儿工作。

莉莉挣的钱就是家庭的收入,她养活家里所有人——她的孩子都不必去丝织厂,也不必一年到头在田间劳作,只要她坚持,就不会。这是一种牺牲,但她要为他们创造更好的生活。

她会从伍德曼家的茶桌上收拾起主人家吃剩的美味蛋糕或碎饼干,当她早上早早出门的时候,就会将这些食物留给孩子,裹在油纸当中,放在厨房的桌子上,孩子们醒来后就能看到。她还给他们做衣服,用的是伍德曼家送给她的边角料。她拥有稳定的工作,恩爱的丈夫,令人安心的家和孩子,那些年对莉莉来说,是非常开心的。

她选择做一个阿妈,这非常聪明——战争期间,香港经济遭到了重创,战后正在努力重建,而且有一波从内地来的移民浪潮,很多人争抢剩下的工作。在战后的岁月中,莉莉的丈夫就没有那么走运。

他没受过什么教育,也没有什么技能,很快就失去了在医院的工作。在这之后,他只能找到一些零工,所以很多时候留在家里面,和太婆一起照顾两个孩子。

在新来的移民当中,有一些是从郭展的家乡来的,他们和三合会依然有着千丝万缕的联系。他们很快便进入了在湾仔贫民窟中的赌场、妓院、鸦片馆。那些地方来钱很快,人们都吹嘘自己是老板。

郭展和这些朋友又混在了一起，慢慢地恢复了一些旧日的习惯，他希望能够找到一个方式，摆脱掉不得不住在丈母娘家中看孩子的羞耻。有些晚上，他从赌馆回家时，脸上难掩成功后的喜悦，带着钱和酒；有些晚上，他会脾气暴躁，沉默寡言，莉莉问他家用的钱都去哪里了，他总是不搭理她。

莉莉在伍德曼家工作了很长时间后回到家，却发现孩子大哭不止，丈夫不见踪影。当她努力提升自己的时候，郭展却在让婚姻分崩离析。因为他深陷在香港另一面的世界里，越来越不可自拔。他一边挥霍着她辛苦挣到的钱，一边还对她满口指责。

郭展开始游手好闲地度日，他在一些不怎么体面的小餐馆中混日子，和一些从广州来的小混混在街上转悠。外婆告诉我，过了很久之后，她发现自己的丈夫和另一个女人搞在了一起，那是一个妓女，引他开始吸食鸦片。

他是在一个赌坊里认识那个妓女的，他们很快就变得亲密无间，她成了他的共犯，在麻将桌上串通出老千诈骗那些没有戒心的人——这个女人非常机灵，而郭展从这段关系中获利颇多。她希望能从良，不再做妓女，却有鸦片瘾。她和郭展恣意妄为地诈骗，然后一边毫无节制地酗酒和吸毒，一边幻想着可以拿骗来的钱做些什么。

他们的毒瘾耗光了他们的身体，也耗光了骗来的钱，而后郭展便开始搜刮莉莉挣来的每一分钱。莉莉无力承担郭展的新癖好，尽管她心中保持着精神的独立，但依然是郭展的妻子，按照传统，她必须听丈夫的。家里人开始挨饿，莉莉不得不从伍德曼家的餐桌上带更多的剩饭回来。

郭展嘲笑她的胆小，她越是想要和他讲道理，或是和他争执，他留在家里的时间就越少。最后，他彻底不在那个小公寓中住了，每次回来，只是要掏空莉莉的钱包。所以，外婆自然不愿意谈起阿展，也是因此才会让我们远离供奉着他的神龛。她爱他如此之深，但这份爱却遭受了一次又一次的背叛，每天都在面对，她到底是怎么承受的呢？即便是现在，她的心依然是破碎的。

最后，某一天早晨，她睁开眼睛，突然间意识到，这段她投入身心的婚姻已经结束了。随着时间的流逝，郭展的毒瘾不断加深，已经完全失去了控制，他扼杀了两个人最后的一丝感情。除了对他保有最后的一丝忠诚，她不再关心他在外面的街巷中会发生什么事，她现在关心的只剩下自己和两个孩子。

她想找一个办法离开他，却想不出来。太婆年纪大了，而莉莉，尽管工作很好、名声不错，但她已经没钱了，而且当时的中国社会并不会支持或接受独自带着孩子生活的年轻女性。作为一个中国女人,嫁狗随狗,没有回头的余地,这就是她必须承担的义务。

郭展又开始回公寓来,不过只是为了在这里招待他带过来的朋友,甚至会带他交往的那个女人一起回来。他对孩子没有兴趣。当他带着黑帮成员或那个妓女回家时,莉莉就躲到孩子们的房间里痛哭。他们曾经欢乐的家,如今变成了这个样子。

有一天晚上,莉莉回到家中,发现郭展正在等她,他喝得酩酊大醉。他宣布说,现在莉莉必须搬出这个家。尽管这是太婆的公寓——不知为什么,郭展让自己认为,因为他是这个家中的男人,所以这房子就自然属于他,他想把家里人赶出去,让他的新欢搬过来。莉莉觉得自己的膝盖弯曲了下来,**她紧紧压住自己的肚子**。这些日子,她一直如同身处梦中,整个人如行尸走肉一般,因为在这一切恐怖的事情当中,她意识到自己第三次怀孕了。

外婆跟我讲到这段故事时,整个人崩溃了,失声痛哭。我从来都没有见过她如此伤心,便无助地拥抱她,想给她一些安慰。在那一瞬间,她仿佛身陷过去的黑暗岁月,再次感受到了五十年前袭击她的恐惧和心碎。时间似乎并没有改变什么,尽管在英国过了这么多年,她却仿佛又回到了湾仔那个邋遢的公寓,再次感觉到自己的世界到了末日。

她无力养活第三个孩子,郭展显然也不会担起责任,做一个好父亲。她和孩子们会无家可归,她孕期的几个月没有办法去工作——而老伍德曼太太需要持续陪护,需要别人的帮助才能起床。

伍德曼家会雇一个新的阿妈顶替她,他们家对新人的喜爱会胜过她。要孩子,还是要工作,必须二选一。而没有工作,也不能有孩子,莉莉不想冒险去找一个黑诊所做流产——她从湾仔居住的妇女们的闲言碎语中,听了很多女人因此而丧命的故事。

她一直都没有告诉伍德曼家,直到黑裙子被撑得太明显了,再也没有办法隐瞒了。她鼓起全身的勇气,请求他们给她几个月的假期,当听到他们说她可以获得假期,而且他们不会让别人来永久顶替她的岗位时,她如释重负,几乎晕了过去。

他们当时肯定都觉得很困惑,不明白她怎么会泪水满眶,不停说着感恩戴德的话——毕竟,她已经是这个家庭的朋友了,他们都非常依赖她。他们不知道这种简单的善意举动,在莉莉凄惨的生活中有多么重大的意义。这个机会,让莉莉有了一线希望,觉得自己可以挺过接下来几个月的艰难。

莉莉在1953年生下了第三个孩子。孩子顺产,是个女孩。莉莉给她起名阿冰,从她一出生就非常疼爱她,尽管当时处境艰难,养活她几乎毫无希望。

莉莉有两个月没有工作,积蓄都花光了,而到阿冰出生的时候,郭展开始用莉莉的名字去借债。莉莉不得不沦落到去街头乞讨，阿冰就背在她的背上，她几乎羞愤欲死。

到最后，命运摆布，出现了一条幸运而又残酷的出路。莉莉到阿冰出生的医院去体检，她在那儿遇到了一位李太太。这是一位中产阶级的中国女性，身材娇小，发型时髦，衣服整洁。她前些天切除了阑尾，现在回医院复诊。

尽管她和莉莉存在着很大的年龄差异和阶级鸿沟，却一见如故。李太太直言她嫉妒莉莉能有孩子——她和丈夫努力多年，想要一个孩子，但始终未果，她觉得自己生不了孩子，就不是一个完整的女人。莉莉笑了——谁会嫉妒她那支离破碎的生活呢？她将心里话都倒给这位比她年长一些的妇人听。

她们越聊越投机，莉莉看着这个服饰精美的女性，看着她和阿冰玩得兴致勃勃。就在那几分钟中，她意识到，她必须把阿冰送给这个女人。

她新生的女儿会成为一个家境优越的家庭中备受宠爱的独女，会过上更好的生活——而莉莉在湾仔的街头，能够给她提供什么呢？一个败家的父亲和一个全天二十四小时都要工作来替他还债的母亲。她迅速向李太太说出了自己的想法，以防自己改变主意。

她所要求的，就是能够做阿冰的阿姨，可以时不时地去看看她。

而李太太已经被这个孩子迷住了，立刻就欣然同意。她支付了莉莉在医院的费用，甚至想再多给她一些钱，但是莉莉拒绝了。她们分开时，泪水都在眼眶中打转——李太太庆幸自己终于当上了妈妈，莉莉则知道，自己做了平生最可怕的事情，而这也是她唯一能做的事情。

莉莉说话算话，过了几天就去拜访了李太太家，抹着眼泪将自己漂亮而健康的女儿送给了一个陌生人。她觉得自己的心被从胸口掏了出去。她出卖了自己的血肉，但是她没有其他选择。

莉莉从来都没忘记过这个失去的孩子。她依然能在梦中见到阿冰，总想知道她在做什么，过得好不好，她是否会因为她们一起度过的那短短的几个星期而记得自己的妈妈。李太太也说话算数，接下来几年，莉莉去看了很多次小女儿，她们互换礼物，当阿冰长大会写字后，她们还给彼此写信。

我记得小时候有一回，在外婆家看到了一个皱皱的信封，上面写着中国字，便伸手去拿，却听到外婆严厉地告诉我立刻放下。"这可不是玩具。不要弄乱我的信。"我觉得很伤心——我过去从来都没听过她用那样的语气和我说话。

后来我发现，那封信的确非常特别，里面装着好消息，也装着苦乐交织的感情。阿冰嫁给了一个英俊的年轻人，也怀上了自己的第一个孩子。外婆错失了女儿一生中最宝贵的时刻。时间和距离都无法减少一个母亲的爱意。

她将阿冰送给李太太之后没多久,有一天,伍德曼先生将所有仆人都叫到了房子的客厅里,告诉他们,家中的女人要回英国去了。他解释了家里人要做的旅行,以及房子中哪些东西需要打包运走。莉莉的脑海中思绪纷乱——她以后该怎么养活孩子,还郭展借的钱?他们会发生什么事呢?

那天晚些时候,她和老伍德曼太太一起坐在宽阔的绿草地上喝茶,她一边打着毛衣,一边听老妇人讲着在英国的生活。这时,老伍德曼太太说出了她的提议。她说,她和儿子聊过了,他同意了——莉莉要和他们一起回英国。

她又说道,他们知道,莉莉有年幼的孩子,她必须把他们留在香港。不过,这只是权宜之计——莉莉可以回来探望孩子,最后可以把孩子接到英国去。她顿了顿,吃惊地看着她的陪护脸上淌下的泪水。莉莉把双手紧扣,交握在编织的毛衣之上,以止住双手的颤抖。

突然之间,莉莉意识到可以一下子摆脱掉她那说谎成性、酗酒无度的丈夫了。他再没有办法压榨她的力气和薪水,她可以安全无忧地生活在遥远的英国。她和孩子们都可以重新开始,而同时,她可以把钱寄回来养活他们和他们的外婆。她又一次面对父亲多年前讲给她听的故事里的大山,虽然要花很多年才能将山移走,但一旦将山移走,她的家人就能得到回报。

还需要再忍耐几年,但是这与她曾经忍受的岁月相比,或是与她和郭展在香港贫民窟的未来相比,又算得了什么呢?然后,还需要考虑的就是阿冰了。亚瑟和梅布尔可以到英国和她团聚,但是阿冰现在是李太太的女儿,她再也没有办法和亲生母亲重聚。

莉莉谢过老伍德曼太太的提议,请她给自己一些时间好好考虑一下。老妇人让她安心,他们不需要她立刻作出答复,如果她选择留下,他们也都理解。那个晚上,是莉莉与自己漫长斗争的开始,她翻来覆去,反复思考。最后,她下了决心。她要跟着老伍德曼太太去英国,暂时将孩子留下来。对伍德曼家,她满心感激——真的是发自内心的感激——而在内心,她必须不断鼓励自己才能走出这一步。莉莉又一次站在了山脚下,准备开始干活。

第六章 莉莉的咖喱鸡

**英国萨默塞特、曼彻斯特
20世纪50年代**

三十六计,走为上计。

搬去英国,是标志着外婆和伍德曼家的关系发生变化的起点。他们之间最后还剩下的主仆关系,都变成了真正的友谊。这份情谊一直持续到今天,每年圣诞节,外婆依然能收到伍德曼家寄来的圣诞卡,从来都没有中断。卡瑟琳,外婆刚到伍德曼家做阿妈时照顾的那个小女孩,如今已经长大成人,有了自己的家庭,定居在澳大利亚。每年,外婆会收到来自英国的一张贺卡,还会同时收到来自澳大利亚的一张。

老伍德曼太太是伍德曼家以宽广胸怀、慷慨善意对待外婆的一个典型代表。"老伍德曼太太就像是我在凡间遇到的天使,"有一次,外婆脸上挂着大大的笑容,对我说,"她让我有机会改变自己的生活,将我带到了英国,这真是我的福分。我真的对她感恩戴德。"

莉莉一下定决心离开香港,这福分几乎就变成了现实——那时距离老伍德曼太太、伍德曼太太和孩子们离开香港,只剩下半个月的时间了,而收拾行李打包的工作,艰巨得令人却步。一箱又一箱的衣服要在打包之前清洗、熨烫、折叠,还要在衣服中放上薄绵纸来分隔。他们还必须把要带回英国的东西和能留在香港供伍德曼先生使用的东西区分开来。他会陪着他们进行这次旅行,但是在英国待几周就要返回香港。

莉莉只花了几分钟的时间就准备好了自己的行李——一个破旧的纸板箱就能装下她所有的东西,甚至包括她为了抵御英国的严寒而新买的一件外套。

那些晚上,她总是难以入睡,翻来覆去,担心自己不在香港的时候,孩子们没有她的保护,会遭遇什么。当清晨明媚的阳光照在她身上,她明白她的姐妹们和母亲会用心地照顾亚瑟和梅布尔,她每年可以回香港几次探望他们,但是到了午夜,这些却没有办法缓和莉莉的情绪——她真的很难放弃自己应该承担的责任,无视作为母亲的义务。

伍德曼家敏感地意识到了她面对的内心冲突,在离开前的那个晚上,特地让她放假回家和家人团聚。他们共享了一餐简单的晚饭。隔着饭碗,她看着两个孩子的眼睛,向他们发誓,一旦她在英国站稳脚跟，存够他们的旅费，就会来接他们。

亚瑟和梅布尔都还太小，不明白这次和母亲分别的时间会非常久，他们郑重地点了点头，以为用不了几个星期他们就能和她重逢。莉莉知道不是这样。要再过好几年，她才能真正地履行作为亚瑟和梅布尔的母亲的职责，当她和他们在英国团聚的时候，两个孩子都已经长大，并发生了很多变化。

第二天早晨，站在码头上，她心中几乎什么都没有想。她茫然地盯着她接下来几个星期的家——那艘巨大的白色远洋邮轮，上面竖着一根黄色的烟囱，还有几根高高的、看不到顶的木头桅杆——紧张得不寒而栗。这个大家伙要带她离开家和家人，因为这一点，她对它心生憎恶。

"广州号"邮轮是P&O航运公司的重要航船，每年多次往返于南安普顿和香港之间。船身长150码，有六层甲板，由巨大的蒸汽涡轮引擎驱动。船身上的白色油漆是战时留下的痕迹——表示"广州号"曾是一艘医疗船的标志。

码头上挤满了人：水手、旅客、送别的人，还有兜售商品的小贩，全都挤在一块儿，是典型的香港风情。人们推推搡搡，叽叽喳喳，做着生意。铁炉子上临时架起的烤架上、匆匆搭起的摊位上，烹饪着的各种小吃，被旅客们买走。

歇斯底里的女人们抱着孩子痛哭，女人们的丈夫将他们拥在怀中安慰他们。那里也有很多西方人，戴着阔边帽，撑着阳伞，浑身的装扮都做好了船只驶过热带的准备。他们冷漠淡然，鹤立鸡群般身处于众人之间，缓缓地跟在仆人后面穿过人群。

伍德曼家住头等舱，莉莉看着他们登船，看着他们的行李先他们一步，由身穿 P&O 航运公司蓝白两色制服的中国搬运工运上头等舱宽阔的踏板。另外一个头戴尖顶帽、穿着更加正式的乘务员站在甲板上迎接他们。他脸上挂着微笑，检查了他们的票，然后叫来另一个搬运工，引他们去舱房。

头等舱的客人都安全登船之后，便轮到了经济舱。乘客们都争抢着踏上船只后方两条要细很多的跳板，就如同一群蚂蚁争抢着挤上一根冰棍儿棒。在跳板的另一头，乘务员撕掉他们的票根，并在钉在笔记板上的一摞纸上勾去对应的预约信息。

而在他们头顶，两架吱嘎作响的吊车正将堆满了高高的行李的运货平台吊上船。船上随处可见水手，他们冲着彼此喊出指令，在船起锚出港开始去往英国的六个星期的航程之前，做着最后的检查和休整。

轮到莉莉登船了，但是她站在码头上一动不动。当船上的号角发出三声长长的、低沉的鸣响，她像个小女孩一样跳了起来，撞到了还在码头上的一些其他旅客，他们都笑话她的大惊小怪。她当时穿着星期天的盛装，脚上是她最好的鞋子，她紧紧地掐着自己的脖子，吃惊地喘着粗气，那画面肯定非常吸引人的眼球。

号角是提醒剩下的旅客尽快踏上跳板上船的，所以，莉莉从口袋中摸出船票，拎起行李箱，匆匆地排在经济舱旅客的队尾，努力地把自己的眼泪逼回去。她一直扭头回望，绝望地扫视着在栏后送行的人群的面孔。

那些面孔，有的在流泪，有的在微笑着和朋友作别。她在寻找着她的孩子。她知道他们留在家中，由太婆看着，但是她发现自己在期待太婆不听她的吩咐，带着孩子们来给她送行，他们就站在人群中，希望能最后一次吻她。她也渴望能够再次嗅闻到他们的头发散发出来的柔和而温暖的气息。

那天一早，梅布尔和亚瑟还躺在床上的时候，莉莉便亲吻了他们的额头，然后轻声说："我爱你们，很快再见。"她隐藏起自己的遗憾，微笑着替他们盖好薄薄的被子。

当她悄悄离开，走过将两个孩子的床和公寓其他部分隔开的帘子，她发现太婆正拎着那个纸板行李箱站在门前等她。她的眼泪无声地滑落，脸颊上的热泪连成了线。母女两人望着彼此，她们心照不宣地隐藏起了内心真实的感受，以保护年幼的孩子。

外婆到现在还是这样的性子——她宁愿闲扯，或是训斥你一顿，也不愿意展露自己的感情。根据她对她母亲的描述，我能够想象出来，太婆也是一样的，匆匆说着一长串的建议，来掩饰自己的感情。太婆絮絮叨叨，无话不说，从叮嘱莉莉每个月都要写信回来，到提醒她下雪天要穿暖和些，然后莉莉抱住了她，莉莉的样子一点都不像一个成年女人，仿佛又变成了昔日的小女孩。

她知道有可能自己再也见不到亚瑟和梅布尔了，虽然可能性低，但真的有可能，而她也更清楚，她更有可能永远都见不到自己的妈妈了。尽管没有必要，但是她让太婆发誓，不会让她的孩子受到任何伤害，然后她又抱了抱太婆，便踏出家门。

而此刻，站在船舷陡高的"广州号"上，她的手颤抖着，将船票递给乘务员。乘务员露出安慰的微笑，给她指明沉重的隔离舱门所在，从那可以通往下层甲板，走入那些小小的、简单的舱房的走廊。莉莉在船的栏杆边多逗留了一会儿，又一次望向人群，寻找亚瑟、梅布尔和太婆。

巨大的引擎隆隆作响，最后一根缆绳已经解开了，船身晃了晃，开始缓缓地驶离码头，岸上的人群和船上挤在栏杆边的旅客都阵阵呼唤，挥手道别，抛出串串飞吻。号角再度响起，轮船的上层甲板放出数百条白色纸带,打着转儿的纸带在船舷两侧飘动,空中一阵窸窸窣窣,船渐渐离岸。

莉莉心潮澎湃,难以控制情绪,香港越来越远,渐渐地从视线中消失。她转过身去,钻入隔离舱门,手里拎着行李箱,噔啷噔啷地顺着金属楼梯向下。她沿着贴在墙上的标志,行走在窄窄的走廊里,找到了通向她小小舱房的路。舱房的门是半掩着的,楼道两侧的舱门很多都是如此,大多数乘客都还在甲板上。

她的小房间是 P&O 航运公司那如棋盘分布的经济舱房的典型模样,大小几乎仅容得下一个供她睡觉的铺位。墙上有一个小舷窗,这儿的位置比吃水线高出几英尺;房间角落有一个小水池,大小和一个碗差不多,水池上方是一面小小的方形镜子;在对面的角落,有一个架子,可以当作桌子用;墙上方是一排挂衣服的挂钩,聊作衣架之用。

接下来的六个星期,有晴有雨,有风暴也有平静,而这里就是莉莉的家。莉莉砰地关上门,扭上门锁,将自己扔到小床之上,把脸埋在枕头里,哭得快把心呕出来了。

过了很久,当她抬起头来,她发现,在引擎的轰鸣声中,她唯一能听到的声音,就是海浪拍在船身上的声音。她躺在床上,辗转反侧，翻来覆去，过了很久睡意才将她征服。

她醒来时面对的是一片漆黑和一场暴风雨，海浪淹了她的舷窗，浪尖一片炫白。嘶吼的风声盖过了引擎的声音。

"广州号"已经驶出了香港平静安全的内港，驶入了开阔的大洋。船上有平衡装置，抵消海浪带来的波动，但是在面对狂暴的暴风雨时，这些装置能发挥的作用微乎其微，"广州号"被吹得船身倾斜，在海面上起伏颠簸。莉莉仅有的乘船经历，就是从广州到香港的渡船的短短航程，而如今，身处黑暗中的她彻底晕头转向。她头晕目眩，吐了一回又一回，然后她发现一旦自己开始了呕吐，就再也没有办法停下来。

一个小时之后，她无比绝望地从床上又爬到水池边，将胃中仅剩下的残渣都吐了个干净，吐到再无东西可吐，她因此严重脱水，情况凄惨。迷迷糊糊中，她认定这样的不舒服肯定是老天在惩罚她离开自己的孩子，她必须承受。

她打开灯，然后又关上——因为没有什么帮助。她站在脏污的水池边，盯着排水孔，心中一片惶恐，觉得接下来整个航程她都会孤立无助。她的呻吟声被走廊里传来的一个男人的口哨声打断——终于有了救星！也许他可以帮她找个医生来。

她摇摇晃晃地走到门口，打开门，发现走廊里是正在夜巡的乘务员。她用英语大声叫他,向他呼救。"我吐个不停!我觉得整艘船都在转!我想我要死了!"他看了一眼她发青的脸色,和气地笑了。"你只是晕船而已,"他安慰她,"你应该躺下歇会儿,暴风雨很快就会过去,然后你就会觉得好多了,我保证。"

莉莉又踉踉跄跄地回到小床上躺下,然后便一下子陷入了沉睡,她自己都没有来得及惊讶怎么会这么快睡着。她醒来时,天已经亮了,她感到饥肠辘辘。船正在轻柔的海浪中平稳前行。她清理干净水池,洗了脸,换了衣服,振作起精神,出去找吃早饭的地方。

"广州号"就是一座漂浮的城镇。船上有很多商店和餐馆,还有一家剧场、一家医院,另外还有多间休息室、娱乐室和数层宽阔的甲板,供乘客们悠游畅饮。船上还有一个羽毛球场、一个碧波荡漾的游泳池,而在船尾一块高出的露天甲板上,还可以将高尔夫球击入船的尾迹,或是玩飞靶射击。

早晨阳光和煦,乘客们纷纷走出来,尽管都因为风浪有些步履踉跄,但心中都满怀期待,希望能将整艘船彻底探察一番。情侣们手挽着手闲逛,孩子们欢声尖叫着奔来跑去。老人们裹着毯子躺在长椅上,在清新的海风中闲话家常。

航程中,外婆不能去见伍德曼家的人,因为她无法自由地进入头等舱。"他们有乘务员照顾。"我问起的时候，她解释说。持经济舱船票的旅客无法进入船上更奢华的那一部分，但是伍德曼家邀请她过去，她亲眼看到了头等舱的情况。

她到现在还记得头等舱里的木头墙板，舱门上的玻璃，以及雕刻着枝藤弯曲、风格独具的花卉的屏风，还有造型时尚的柳条椅。头等舱的一切都不惜工本。这里有一整套的社交日程安排，供客人们在这片真正的无比奢华的空间里使用。他们接受船长的邀请，戴着黑色领结，坐在巨大的枝形吊灯下面，与船长共进佳肴，随着轮船在海上摇晃，吊灯发出轻微的叮当撞击之声。每天晚上，座位安排都会变化，以便让客人们在享用船上无尽的香槟和美味佳肴之时彼此认识并相熟。

晚餐之后，中间的桌子被移走，灯光暗淡下来，这里就变作一间舞厅，一个由二十四人组成的管弦乐队演奏当时最流行的曲目供大家欣赏。他们被周到而全面地伺候着，他们希望这段航程并不是一段漫长而充满艰辛的归家之旅，而是一段延长的假期。

每天，莉莉都会陪着老伍德曼太太在头等舱的休息厅中喝茶，但其他大多数时间，莉莉都要留在自己所在的经济舱甲板。那里没有被龙虾和鱼子酱压得吱嘎作响的自助餐桌，但依然是她这一生所待过的最舒服的地方。这对她来说也是一个假期，是她第一次自己真切感受到的假期,她在船上的职责,仅限于陪着老伍德曼太太喝茶而已,再无其他。

我很喜欢懒散的日子——我需要把整个周末花在电视机前,或是花上两个星期,带上一本无聊的小说去享受日光,以缓解繁重的工作压力,让自己保持理智。但是休假从来都不是外婆喜欢的。一整个周末都不工作的情形,在我看来,绝不会发生在她身上,甚至她在来香港看我的时候,她也制定了一个繁忙的行程表,去拜访那些老朋友和亲戚们。

而当六个星期的无所事事就如同海平线一样摊在她面前时,她必须试着让自己放松。船上有乘务员打扫舱房的卫生,有厨师做饭——一切都不用她管,她自己该做些什么呢?

起初,她花很多的时间在船上闲逛,晚上,她就和其他旅客一起去经济舱的餐厅,在那里享受他们的娱乐。有旅客弹钢琴,也有旅客拉小提琴,人们随着音乐跳舞——比头等舱中正式的舞会更富有活力。

莉莉过去从来都没有跳过舞,但是在她克服了内心的怯意之后,便热情地加入其中,尽管她舞技欠佳。她交到了新朋友,学会了闲谈寒暄,认识了船上的各色人等——似乎每个国家在经济舱里都有代表。

她还有机会亲自去见识这个世界,因为"广州号"途中停靠多次以补充物资,并让沿途的过客上下船。他们从香港出发,驶过马来西亚、新加坡、印度洋海岸,绕过阿拉伯半岛,穿过苏伊士运河,然后经过地中海,一路向北,进入英吉利海峡,到达南安普顿。只要船只靠岸停泊,旅客们都会蜂拥地走下跳板,活动活动腿脚,看看当地风景——莉莉也是如此。

与她同族的人分散在各地的移民社区,所以她经常可以趁机去走走亲戚,她也看到了那些国家某方面的生活风貌。而最令她感兴趣的是食物和市场,在旅途中,她进出了世界各地的厨房,去看、去学习。

在船上,她和厨师们成了朋友,这些厨师也来自世界各地,哪里人都有。她发现自己已经习惯了吃米饭,船上那些丰盛的食物对她来说太难消化了。于是,一方面为了消磨时间,另一方面也是为了让自己吃得舒服,她便说服厨师让她使用厨房里的一个小炉子自己煮饭。没多久,她做的饭便受到了厨师们的欢迎。在闷热、没有窗户的厨房中工作很长时间之后,发现莉莉给他们也准备了饭食,每个人都会感到惊喜。

在"广州号"上,莉莉开始尝试她沿途新发现的烹饪方法和食材,也是在"广州号"上,那道令她的名字成为一个饭馆招牌的菜肴被发明了出来——莉莉的咖喱鸡。

莉莉的大姐阿水嫁给了一个新加坡男人,便移民到新加坡,莉莉从阿水的丈夫那里学会了将柔和的椰子粉添加到咖喱当中。在去马来西亚的路上,她又在其中加入了一种自己改良的面粉,让味道变得更加清淡,更加细腻。而到了印度,她又加入了一些辣椒,成为这款汤汁中辣味的精髓部分,从而进一步改善了配方。

在船行至直布罗陀时,这道菜已经趋于完美,船员们极力要求她每天晚餐时都做这道菜。莉莉想出这道菜肴,一方面是为了纪念这段旅程,一方面是想给伍德曼家一个归家惊喜,她知道他们很喜欢吃辣的东西。她同样将这道菜做给她在船上交的新朋友吃,都是一些中国女人,她们有的也是陪着各自的雇主回英国的阿妈。

这些人成了她在这个新家中,在这个谁也不认识的环境中的家人。外婆跟我讲起她们的故事时,我吃惊地意识到,她说的都是我们家的一些老朋友,可是他们的故事,我从来都不知道,也从来都没有去猜想过。

其中有一个人和莉莉同名,所以,在"广州号",人们称呼那个人为"莉莉阿姨",以做区分。她比莉莉大很多,高颧骨,身形苗条,有一种优雅而古典的美丽。她的脑子里面满是对她年轻时在香港上流社会参加的那些豪华舞会的回忆,她喜欢跳舞——和我外婆一比较，她跳起舞来就如同一位芭蕾女伶。

莉莉阿姨嫁给了一个出身良好但事业非常不成功的商人，他去世后给她和他们的女儿留下了一些财务上的麻烦。不过莉莉阿姨找到了解决办法，她去做了罗思曼烟草公司罗思曼先生的秘书，这人是她丈夫生前的朋友。莉莉阿姨在工作中表现优异，而在她工作的时候，她的小女儿就和罗思曼先生收养的一个中国小孩一起玩。

但是，莉莉阿姨的女儿却不幸遭遇车祸，很快就因此死亡，安逸的生活从此与她无缘。莉莉阿姨神志失常了一段时间，整天都哭个不停。罗思曼先生最后别无他法，只能让她"退休"。短短几年，她先后经历了丧夫、丧女、失业，她又努力在香港坚持了数年，然后，她决定自己必须重新开始生活，于是便登上了"广州号"，前往英国，希望能将悲伤的过往留在身后。

她发现自己和莉莉有种惺惺相惜之感，于是莉莉便成了她的知己和生活中的顾问。莉莉下定决心，要帮助这个年长的女人重展笑颜，莉莉鼓励她穿上华服，大胆地走入晚间的跳舞场，因为莉莉阿姨很爱跳舞。

她们一起躺在经济舱甲板上的日光长椅上，度过漫长而懒散的下午，她们吃着冰淇淋，畅所欲言，直到天色变黑。在她们漫长的聊天过程中，她们同时发现，她们都希望到英国去开创自己的生意。

只是，到底要做什么类型的生意，两个女人的想法每天都在变化，因为她们都不了解英国到底是什么样的。她们都曾长时间地生活在香港的英国人之间，所以，只能想象英国的街道铺满金子，发财的机会俯拾皆是，只需要她们稍微付出一点努力，就能获得成功。也许，她们没有天真地想象自己能拥有一栋大屋，但是她们都知道，有很多中国家庭真的定居在英国，并且都拥有兴旺的事业——通常是洗衣房。然后，两个女人开始描绘她们费力洗刷一大堆一大堆衣服的画面，那似乎和她们此刻在甲板上悠闲地躺着聊天的生活相距十万八千里。

莉莉还认识了一个叫基特·叶的女人，她是一个苏格兰家庭的阿妈，陪着他们同行，最终的目的地是爱丁堡。她也是个美人，形容艳丽，一举手一投足尽显女性美。看着她，你简直难以想象，她在这个世界还会需要什么关照。你会深信，那样的美丽，就注定了能得到一切特权——会有成群的追求者，人们抢着供养她，她说的话都如同具有魔力，总能开口便成真——但是基特·叶内心却藏着一个令她痛苦的秘密。她是一个女同性恋者。在 20 世纪 50 年代，这是非常丢脸的丑事，足以毁掉人的一生。

基特·叶曾经冒着失去一切的危险和一个中国女人坠入爱河，那个女人在香港的一家工厂工作，一天下午，她们偶然在一个朋友家中相遇，很快便爱上了对方。为了见面，她们必须编造各种故事，使出百般花招。最后她妈妈开始起疑，搜查了她的房间，发现了一封基特·叶写了半截的给爱人的信。

叶妈妈非常反感，将基特·叶赶出了家门，并且发誓再也不和她说一句话。叶妈妈还通知了基特爱人的父母，他们匆忙安排了女儿的婚事，让她从此和基特·叶一刀两断。基特颜面尽失，心碎难过，于是决定离开香港，想将这次远行当作一个远离让人难以容忍的传统习俗的出路。

因为过去很长时间都过着双面生活，基特·叶的性格非常复杂，她担心被人识破秘密，因而变得有些偏执而敏感。莉莉很快便发现，尽管基特·叶心地善良，但是在危难时刻却不可靠——她已经发展出一种对麻烦的敏锐直觉，只要认为自己可能会陷入困境，她就会立刻抽身离开，置身事外。

当事情不对的时候，她就会溜走。她们在南安普顿登陆很多年后，基特·叶成了一家餐厅的经理，那家店里丢了一大笔钱，大家都把矛头指向她，她立刻就溜走了，没有留下来查清楚到底是怎么回事。

莉莉是在麻将桌上认识基特·叶和莉莉阿姨的——为了消磨六个星期的航程,有人带了麻将上船,打麻将迅速成了船上中国女人的固定消遣。几乎船刚一离港,麻将牌就堆成了长龙,之后一路上,麻将桌边永远都激动人心,竞争激烈。

麻将是一种传统的中国牌戏,在20世纪50年代的香港,玩麻将的人数暴增,特别是在女人中间非常流行。香港男人开始抱怨说香港应该禁止打麻将——他们的老婆打麻将的时间太多了,都影响到家务了。

关于麻将的起源,有很多广为流传的传说,莫衷一是——有一种说法说是孔夫子发明的,还有一种说法是19世纪中期的军官和贵族发明的——而且还有很多人试图赋予麻将牌不同的牌面以某种哲学意义或神秘解读。而对我来说,麻将就像是中国版的金拉米牌,很容易入门,却非常难精通。

麻将有很多种类,而我在成长过程中所了解的那一种一共有一百四十四块竹子做的牌和两个骰子,由四个玩家参与。你需要匹配出数套牌,牌面是非常典型的中国元素,有龙,有花,还有东南西北四种风。这听起来可能有些枯燥,不过打麻将是非常需要智慧的,需要像个象棋大师一样计算很多,尽管运气也会起着很大作用。

在香港，一个大的麻将馆可以同时容纳几百人，大家围着特制的麻将桌紧张激战，屋内回荡着麻将牌被丢到桌上发出的哗啦声。当然，中国人会在打麻将的时候加些赌注，以增加乐趣——可以根据玩家们的财力情况，或是冒险精神，来确定一个标准。仅仅是高赌注的麻将牌就能造就一个赌徒，也能毁了一个赌徒。

莉莉本来性格平易近人，极好相处，但一上了麻将桌，她就像变了一个人一样。对莉莉来说，麻将是一项严肃的事业。另外，她从她丈夫那里学到过一些出千的方法，所以也能靠此赚到一点零花钱。莉莉终于成了一个无所事事的女人，不过，她真正开始享受这种不得不享受的闲暇不过一两天，多佛海峡的白色悬崖便进入了"广州号"的视野。经过六个星期，他们终于驶入了英国水域。

莉莉踏上英国土地的那一天是个阴天，天灰蒙蒙的。她听到南安普顿码头上的喧嚣，便跑到甲板上，想看看正在接近的英国是什么样子。而她被自己看到的东西吓了一大跳。现在，她会笑着跟我讲起当时她有多害怕——她回首那个时候的莉莉，发现了自己恐惧的滑稽之处——见到大英帝国的第一眼，让她倍感失望。

天空如同洗碗水般的颜色，在其衬托下的建筑毫无特色可言，尽管码头上的人来来去去地忙碌着，南安普顿丝毫都不似那些巨大的东方港口般喧嚣与令人惊奇。一群海鸥嘎嘎叫着，头朝下俯冲而来，似乎是要叼起体弱的旅客。在莉莉眼中，这里真的空空荡荡的。

码头上聚了一小伙人，他们是来接船的，但在"广州号"入港的时候，他们不但没有欢呼，反而似乎是分散开来了，仿佛其他地方的空间等着他们去填满。英国太安静了，安静得令人不安。船上的旅客和船员们都在寒风中瑟瑟发抖，打趣地叫一声"到家了"，或是恶狠狠地甩出一句讽刺意味十足的"欢迎来到阳光灿烂的英国"。

莉莉什么都没有说，心里只是想着她即将离开"广州号"，登上这个潮湿的岛屿，离家几千公里，离她的孩子、她的母亲几千公里。她似乎感觉到迷蒙的细雨正渗入她的皮肤，渗进她的骨髓，令她的精神都一阵寒冷。

她周围的英国人似乎并没多想。他们用羊毛围巾和厚厚的外套裹紧身体，慢慢踱过跳板，很有风度地和他们的友人问候致意。有些人甚至别扭地拥抱了一下，然后便爆发出尴尬的笑声。在莉莉看来，他们似乎都站得整整齐齐的，身姿挺拔而僵硬——尽管过去见过一些举止如此的英国人，但并没有见过这么多，周围也没有东奔西走忙个不停的中国人来让场面热络起来。

在船到达最初的激动过后，码头上的人似乎都变得更加安静了，她突然间对湾仔的码头产生了一种思乡之情。那里的人有这里的四倍多，大家挤挤挨挨，抱头痛哭，四处乱撞，一切都散发着勃勃生机。而英国这里的生机，只让人觉得如同身处太平间，而且这里就像太平间里面一样阴冷。

莉莉已经同自己在船上结交的中国朋友们道过别，交换过地址，她收拾好了破旧的行李箱，船舱里面已经没有她的东西了，所以，她便走过跳板，寻找伍德曼一家。她发现他们和其他一些头等舱的旅客在一起，正从码头边排列整齐的行李箱中指认自己的行李，两个热情的年轻乘务员向他们脱帽行礼，帮他们将行李箱放进出租车的后备厢里。伍德曼家的人看到莉莉的时候，开心地叫了出来，而莉莉发现此刻自己正咧嘴大笑，再次看到这些友善而熟悉的面孔，她简直高兴坏了。

等待行李装车的时候，莉莉四下打量着。她看到了破败的海关大楼；透过一扇开着的门，她看到了一个女人跪在地上擦着地板。那女人穿着一件印花罩衫，头戴一块头巾，皮肤是暗棕色的——不是工人在夏天的烈日下工作晒出来的古铜色，而是像红木一样的暗棕色。

莉莉过去从来都没有见过这样的人——她在香港从没见过黑人——而令她更加吃惊的是，她看到了一个中国女人上了一辆闪亮的加长轿车的后座。那女人穿着做工精致的大衣，软软的毛皮衣领上拖着一条大大的珍珠项链。

莉莉猜测,她可能是嫁给了一个英国人吧,而她的司机也是个英国人,莉莉简直目瞪口呆。这不是她了解的世界,她开始对该如何改变自己的生活有了最初的认识。

伍德曼家的出租车将他们载到了火车站,他们都上了火车,莉莉和伍德曼家的人肩并肩地坐在火车包厢里。她把脸贴在车窗上,想要尽览英国独特的乡野风光:漫长的灌木树篱,茅草屋,小块的四四方方的土地,和她记忆之中的村庄中的稻田完全不一样。一切都太完美了,很像是她和伊娃散步的太平山上的公园,而不像是真实的农田。

"你觉得英国如何,莉莉?"在哐哐的火车行驶的声音中,伍德曼先生问。

莉莉不想显得很天真,所以,努力思索了一番才由衷地答道:"很大。"

伍德曼家的人都笑了,而她的脸一下子红了,又扭头看向窗外飞速闪过的包裹着一切的绿色——似乎无边无际。香港是被海围着的弹丸之地,但这里似乎一切都没有边际,这幕独特的风景正不断地延展。即便是现在,外婆依然非常敬畏英国的乡村,她经常说,那里有那么多植物，要让它们保持郁郁葱葱，必须得一直下雨才行。

伍德曼家坐落在萨默塞特中部的乡野中，恰好位于两座山势和缓的小山中的一个天然盆地里，那是一座乔治王朝风格的大庄园。漂亮的白色窗框，红色的木头屋顶，令整个房子显得就像是一座巨大的玩具屋。

房子里面，屋顶高挑，通风良好——二楼有六间卧室，一楼有一间有炽热壁炉的客厅；一间书房，里面有带轮子的小梯子，方便从书架上取书；一个长长的光线暗淡的餐厅，其中一张长长的精美餐桌几乎跨越了整个房间；一个客厅，地面镶着黑白两色的地板，如同棋盘一样；地下室是一间铺着石头地面的厨房，正中位置摆着一个巨大的铸铁火炉。

萨默塞特的生活是悠闲和安逸的。在经历过多年香港光怪陆离的刺激和冲击后，能够重回到萨默塞特开阔宽广的世界，重回昔日悠闲的生活，伍德曼一家是如释重负、无比欣慰的。伍德曼先生本就家境富裕，而在香港工作赚取到的巨额报酬，更让他资产丰厚。

伍德曼先生立刻就加入到乡村中欢快畅饮的聚会和宴会，整天在自家的玫瑰园中游乐，偶尔去狩猎和垂钓。尽管接下来三年，他大部分时间都是在香港度过的，直到1956年才回到英国，但似乎他在香港的时间，不过是他所了解的萨默塞特的闲适生活中中断的经历而已。

而另一方面，莉莉过去了解的生活，每一寸都是要与人分享的，而现在，这个巨大的庄园，宽广的土地，显得孤单而令人生畏。她生活的支柱便是能让她回家的短暂假期——在另一艘邮轮上再度过六周的时间，在香港停留一个月左右，抓紧一切时间陪着太婆和孩子们，然后再乘船六周，回到沉闷的英国。

在萨默塞特的房子里，她并不清楚自己该做些什么，因为这里已经有了足够的工人，能维持生活以一种缓慢的方式运转，这种方式和莉莉多年前在香港的阿妈中介所里死记硬背的那些礼仪非常相似，不过略有不同。孩子们长大了，有的去上了寄宿学校，她只需要看护老伍德曼太太，但相比于过去在香港的西方社区中长年在厨房中受人差使，现在的事情非常轻松。

香港的来信成了她关注的焦点，尽管太婆几乎不会读，也不会写字，但是非常尽责地给在英国的女儿写信，即便信的内容只是梅布尔和亚瑟在蓝色的航空信纸上的潦草涂鸦，最后由她签上歪七扭八的签名。

初到英国的几个月，莉莉每天早上醒来，总是匆匆穿上衣服便跑过长长的车道，跑到大门口的邮箱边，拿出邮差留下的信件，心急地翻看，探寻来自家乡的消息。那个邮箱，是她在萨默塞特的房子里生活的几年中她记忆最清晰的东西。

抑郁悄悄地潜入她的身体,莉莉丧失了生活的焦点。她没有一串的任务需要去为之奋斗,也没有城市的喧嚣来让她振作。她不能漫步到菜市场,和其他的阿妈一起消磨时光——在这里每周去市场采购一次,是开车去的,而镇上的市场里也没有中国女人,更别提阿妈了。人们都好奇地打量她。这里虽然风景如画,但也如一潭死水,莉莉被当地人当成一种来自国外的稀罕物。她的思绪一次又一次地回到孩子们身边,她感觉到身边缺失了他们,就像是一种隐隐的疼痛。

她很感激伍德曼一家,努力摆出一张勇敢的面孔去面对一切,告诉他们,是的,她爱上了他们美丽的房子和花园。但是在她心底的深处,她知道,对她来说,这里如同一个镀金的鸟笼,她在这里感受不到快乐。她发现她所住的套房和太婆在湾仔的整个公寓一样大,但她的孩子们就生活在那样的公寓中,生活在乱七八糟的晾衣绳和一堆堆的垃圾中。

她吃得很好,饮食规律,但是每吃一口东西,她都要努力地驱散心中浮起的她的孩子可能吃得不好的思绪。她试着让自己投身到过去干过的活计中,但是伍德曼家不再需要她对香港的那些了解,而她却需要依靠他们给她解释这个国家中最简单的事情。

她睡不着，她等待着第一缕的晨曦，然后就披上一件宽大的晨衣，缓步走在大房子的走廊中，停在窗口，注视着粗大的雨滴顺着玻璃窗滑落，发现自己根本没有在看外面的风景。她看向的是她认为香港所在的方向。而天慢慢地亮了。

外婆这种迷失的状态持续了三年，她以当年在广州的丝织工厂里、在罗便臣道上的房子里清洗地板的岁月中学会的坚忍来面对这一切。她一直挂念着孩子们，因为很少出门，她把伍德曼家付给她的丰厚薪水的大部分都存了下来，又把其中一大部分寄回去给太婆，另外每个月存一小部分在她床下的饼干罐里。她要过很长时间才能存下足够的钱回香港去把孩子们永远地接过来，她只是为了那一线希望而活着。

1956年，伍德曼先生结束了在香港的工作，罗便臣道上的房子彻底人去楼空。莉莉回去那里监督搬家，她知道，这一次伍德曼家再也不会回香港了。她需要一直待在英国，直到她自己想回香港——如果她能负担得起她的旅费。

莉莉穿梭在各个房间中，监督身穿棕色工装裤的人把画作和家具用麻布包裹好，用旧报纸裹住陶罐和其他装饰品，放入木头板条箱。伍德曼家有很多藏书，堆得高高的，摇摇晃晃的，等待着被装箱。他们一点东西都没有落下。没多久，这栋对莉莉来说已经亲切如家，重要如同自家那邋遢的小公寓一样的房子，就会只剩一个空荡荡的外壳，等待着一户新的富裕的西方人搬进来。

这一次和太婆、亚瑟还有梅布尔的分别是无比痛苦的，外婆几乎承受不了。她泪眼蒙胧地登上了驶向南安普顿的邮船，航程中的大部分时间都窝在自己的舱房中，到达英国时，她沉浸在抑郁和沮丧之中。她与梅布尔和亚瑟的重逢是在三年之后。

她生活中最大的快乐便是与老伍德曼太太的友谊，这份情谊日益深厚。她们在饮茶的时候开心畅谈，一起在花园中悠闲散步，但是莉莉看得出来，她的朋友越来越虚弱。最后一次离开香港后的两年，这位老太太开始严重咳嗽，莉莉知道，也许，她再也好不起来了——她注意到，她朋友的背部和腿部也承受着很多痛苦，老伍德曼太太起来活动的时间越来越少，她更愿意留在床上。

医生诊断的结果是急性肺炎，不认为她有康复的希望，莉莉不得不面对着新生的恐惧——担心失去自己在英国唯一真诚的朋友。对外婆来说，老伍德曼太太已经变成了家人一般，如同一个可以依赖的长者。直到如今，她依然分外珍惜有关她的那些回忆。当谈起这位和蔼的英国女人临终的日子时，外婆变得非常伤感。她说，有一天，当她轻轻叩响老伍德曼太太的房门，想把老妇人从小睡中唤醒时，却没有听到那友好的回应。

莉莉轻轻地推门进去，走到床边。老伍德曼太太一动不动，皮肤发灰——她在睡梦中安然过世。莉莉的心沉到了谷底，她的眼眶溢满泪水——她失去了一位如母亲一般的人，一个真正关心她的人，一个不仅仅将她当作保姆的人。

老伍德曼太太将莉莉从贫穷与困境中拯救了出来：为她提供栖身之所，提供足够的钱财让她养活自己，提供了一个令她可以在英国重新开始生活的机会。莉莉很难接受她的死。

在葬礼上，莉莉和伍德曼家的人一起站在墓地中，听着牧师道出的朴素致辞。而这时出现了另一种文化分歧，在棺材放入坟墓的时候，伍德曼家的人都在和内心的悲伤角斗，英国人特有的克制占了上风，而外婆却哭得像个孩子。

当伍德曼家的人悲伤地走回房子内守灵的时候，莉莉向众人致歉，回到了自己的屋子，然后收拾她那个破旧的行李箱。她认为自己从此失去了工作——她不需要照顾孩子了，也不需要照顾老伍德曼太太了，所以，伍德曼家没有理由再继续付她薪水了。她以后得依靠自己，要尽自己所能，攒够回香港的钱。

那个晚上，她时睡时醒，心里充满了失去朋友的忧伤，又担心着自己与梅布尔和亚瑟的未来。凌晨三点钟，她起床扭亮了床头桌上的小灯,摸索出床下的饼干罐,开始数自己存下了多少钱。她把钱全都摊在床单上,她发现,数目相当大,但还不足以支撑她在英国开始新生活,并且把孩子们接过来。不过,这笔钱足够她回香港了。

回到香港她能做什么呢?中介公司绝对不会雇一个年近中年,还带着两个没有办法独立生活的孩子的女人的。她必须得向郭展乞求,请他帮助她和孩子。但是据她所了解的,他的毒瘾愈加严重了,已不可自拔。太婆从来没有提及过他对孩子或是莉莉表示过关心。

她将钱收拾起来,放回饼干罐里,心里想着,她又必须再度振作,做好最坏的打算。然后她把被子盖好,躺好接着睡觉,等待着第二天的到来,无论来的是什么。

第二天,她一直躲着伍德曼先生,尽管她知道他在找她。有些事情不可避免,但她希望能尽量拖延。不过,伍德曼先生还是在她悄悄地爬上楼梯的时候找到了她,直截了当地宣布,希望她当天下午能陪伍德曼一家去见律师。莉莉点了点头,心生寒意。

微妙的意识可能戏弄任何人。我从来不认为伍德曼家会抛弃莉莉——他们都发自内心地将她当作家庭的一员,他们在深切怀念老伍德曼太太的时候，能更加深刻地感受到她对莉莉的珍视。伍德曼先生希望莉莉一起去听律师宣读遗嘱，因为他和母亲谈过很多次要如何对待莉莉。

那天下午，老伍德曼太太的遗嘱在她的所有家人面前宣读，那是一间摆满了书和账簿、镶着木头墙板的小办公室。律师是一个面容严峻的人，戴着圆框眼镜，他总是习惯先轻声通读一遍复杂的法律条文，然后才突然大声宣布出遗嘱的要点，声音大得能吓得所有人都跳起来。

莉莉完全不知道律师在说什么，甚至在他用他那奇怪而刺耳的声音读出她的名字时，她也没明白，伍德曼先生不得不跟她解释是怎么回事。老伍德曼太太给自己忠实的阿妈留下了一大笔钱，以回馈她们多年的友谊。她还提出要求，莉莉必须用这笔钱来确保自己的未来，让自己和孩子们团圆，无论是在英国还是在香港。

莉莉最后终于明白了老太太为她所做的一切，然后便不可遏制地大哭了起来，之前一周的紧张和不确定，此刻都倾泻而出。她发现，老伍德曼太太在临死之前，还贴心地为自己做了最好的安排。

就像很多生于贫穷中的人一样，一直到今天，外婆依然很难理解那位老妇人能把那么大一笔钱这么轻易地送给了一个毫无血缘关系的人。接下来的几天，她和伍德曼先生聊天，才开始明白老伍德曼太太对她的感情。莉莉将时间、同情和忠诚献给了一位老妇人，甚至为了她，远渡重洋，离开了自己的孩子。她给了老伍德曼太太一份厚礼，而现在，这位英国女人回报了她。

伍德曼家其他人也没有忘记她的和善，他们对莉莉说，萨默塞特永远都是她的家，她可以一直留在这里。但是，莉莉的心里非常清楚，是时候离开了。现在，她终于可以和家人一起开始新生活了。她要回香港，将梅布尔和亚瑟接过来，她要开始新的经济独立。

幼年时陪着父亲推着木头小推车在香港穿街过巷，从那时起，莉莉心中就有一个梦想，只是她几乎从来都不敢想——她想要开一家属于自己的饭馆，在自己的厨房中，烹饪自己的菜肴。而现在，她开始认真地思考将梦想变成现实，需要考虑落实一切了。

她决定不回香港，因为她知道，她留在英国是更好的选择——这里对一个独立工作的女性来说有更多的机会，而且她能够轻松地躲开郭展的纠缠。不过，英国对她来说依然是一片陌生的土地，尽管伍德曼家对她非常友善，但她讨厌萨默塞特。她需要找一个更像家乡的地方。

莉莉一直都说话算话，始终和在"广州号"上认识的朋友们保持着联系。莉莉阿姨生活在曼彻斯特，在一家大型保险公司中担任秘书，莉莉总是饶有兴趣地读她的来信，和信中对那个城市的描述。她觉得那里应该是一个最适合生活的城市，她知道莉莉阿姨在那里找到了一个小的中国社区。

她北上曼彻斯特，考察了几次那个地方，就睡在莉莉阿姨家的地板上。莉莉阿姨带她环游城市，她们一起仔细阅读当地报纸的地产版，寻找适合开饭馆的理想地点。

她们在《曼彻斯特新闻晚报》上看到了一个广告，离市区八英里的米德尔顿有一间店转让。第二天，莉莉过去看了一下，迅速而敏锐地对那几间空荡荡的房间评估了一番。那里很完美，不过地产中介告诉她价格是一千九百英镑——高于她能够拿出来的钱。

她去找了在英国她唯一知道的一个能有那么多钱的人——伍德曼先生——向他道明了自己的想法。伍德曼先生没有犹豫，提出做莉莉向银行贷款一千四百英镑的担保人，他知道，自己做了一个特别好的选择。他知道莉莉有多辛苦工作，知道她的厨艺有多好。

莉莉最后一次告别萨默塞特的时候，伍德曼全家都到火车站送别，祝她好运。她对他们的照顾，远远超出了工作的要求，而现在他们开始回报她了。他们以非常快乐、互相帮助的方式，走上了各自的路。

1959 年，外婆兑现了自己对孩子们的承诺。三年前，她离开香港，将孩子们交给太婆照顾，而她重返香港去接梅布尔和亚瑟时，梅布尔九岁，亚瑟已经是一个十一岁的男孩了。

外婆和孩子们永远告别香港的那一刻，被一张珍贵的照片记录了下来，如今这张照片都已经老旧褪色。那是全家人最后一次齐聚一堂。外婆一直将那张照片放在客厅的一个柜子的抽屉里，就是供奉郭展的神龛的那个餐具柜里。那张相片是镶了框的，但是外婆一直都没有摆出来——可能因为她更想将它当作个人的宝藏，也可能那张照片是一种告别：告别她所熟悉的中国，告别她奋力逃离的过去。

那一天，全家人都站在码头上，在另一艘大大的白色轮船的阴影中。他们凑在一起，挤进照片中，照片的一角可以见到他们的行李，堆成小小的一堆。照片上的一切都尴尬极了，为了今天这个特殊时刻，大家都穿上了自己最好的衣服，却不那么合身，场面一派欢乐，但显得非常刻意。

即便是在一张摆拍的照片中，家人明显也不习惯彼此的陪伴。孩子们和莉莉的距离明显偏远，在他们与她分别的三年中，对他们来说，她已经成了一个陌生人，一直存在于脑海里的想象中，但是形象模糊。他们的眼睛中流露出了对即将开始的航程的恐惧——两个人过去都没有离开过香港。他们即将要离开他们熟悉的一切和深爱的所有人。

阿冰也在照片中,当时她六岁。她是唯一一个看起来无忧无虑的人,聪明活泼,好奇自己为什么会被匆匆带来码头和一个完全陌生的人道别。这个女人是来自她过去的幽灵,也是她解开真实自我的钥匙。

孩子们的父亲郭展,对所有人来说,都是陌生人。过去六年中,他很少见孩子们,依然和那个妓女一起生活。他明显觉得自己应该出席这次送行,但是父亲这个角色显然不适合他。在明媚的晨光中,他似乎因为不能吸鸦片而有些痛苦,我能很明显地看出来,只要一可以离开,他就会去找一家鸦片馆让自己缓解。他的视线望向照相机,身形不正,可能正在想着自己做点什么,能够让自己在这个场合中显得很负责。

而照片中,令人印象最深刻的人,是外婆,她在咧着嘴大笑。那笑容展示出了她的力量,似乎正在说:自己把被命运搞得支离破碎的家庭成员重新聚到了一起。她发自内心地高兴,对未来充满了乐观,而且,在郭展面前,她也确实没有显示出任何的恐惧、悲伤或贫乏——对她来说,他就像死了一般。

这张照片标志着我们在英国的故事的开端。这是证明莉莉的勇敢和力量的证据,她战胜了自己的过去,决心在英国开创一片天地。这勇气和力量是梁庆昌留下来的礼物,是我们家族开始新一段故事的起点,我们开始走向更好的未来和持久的昌盛。

第七章 龙凤

英国曼彻斯特
1959 年至 60 年代初

没有金刚钻，别揽瓷器活。

甜甜开业的时候，我妈妈梅布尔一直在店里帮忙，有好几百次在最后一刻出现了很多鸡毛蒜皮的问题，令我们抓狂，都是妈妈出手相助。而外婆则一直留在家里面欣赏她挚爱的中国肥皂剧，让我们独自面对。我不能责怪她。而且尽管她不在我们身边，我也能感觉到，知道我们能自力更生，她会非常开心。

在开业的那天晚上，她坐在靠里的一张桌子边，看着我们跑前跑后，一会儿跑去厨房，一会儿招呼客人，所有人都忙疯了，我意识到她正笑得十分开怀。尽管我怀疑她根本不会说出来，但我认为她为我们骄傲，为她自己的后代骄傲。她知道，白手起家，从无到有，这一切都意味着什么；而且很满意地看到，我们在餐厅运作正常、客人源源不断后，也会意识到这一切。

她时不时地过来看看我们，但从来都没有对我们的做法提出批评，也没有给出任何建议。她没有和我们一起坐下来聊聊餐厅的经营。她清楚地知道我们在做着什么，这就令人安心。

外婆是孤身一人地开办起自己的第一家餐厅的，没有任何来自兄弟姐妹或是朋友的帮助，所以，无论我的日子有多辛苦，只要看到她就能让我振作。因为我知道，不管我面对什么样的困难，和她四十年前在英国北方的一个小镇中白手起家时的艰辛相比，都不算什么。

我在米德尔顿长大，那是一个安全而静谧的地方，镇上住的都是好心的北方人。自从莉莉在伍德曼先生的帮助下，获得了餐馆的抵押贷款之后，我们家就在那里定居了。那个时候的米德尔顿和现在几乎没什么变化，街道两边依然都是维多利亚风格的连排红砖房——现在多了一些新的路标，一两架电视天线，但大部分依然是一样的。

在20世纪50年代后期，米德尔顿被当地人称作"坑城"，之所以有这个外号，是因为二战的时候，德国空军觉得这里适合协同轰炸——不过大部分的炸弹并没有爆炸。后来发现，这些炸弹是在劳改营里制造的，那里的工人们故意漏装了引爆管。炸弹落在米德尔顿镇上，并没有将这里夷为平地，只是在地上砸出了很多大坑。

米德尔顿是我的"家乡",我很喜欢这里一切都从容缓慢的节奏。人们一直居住在同样的地方,大多数人都叫得出彼此的教名。这是个工薪阶层居住的小镇,没有人有闲钱去附庸风雅。莉莉第一次到这里的时候,那些连排房屋里面挤满了人。不断扩大的家庭需要共住在一个房子里,将房子隔成小小的单间,也许一个房子里面住着十六个孩子。住在一个房子里的几个家庭共用后院和在户外的厕所,每层楼都有自来水,用于做饭、洗衣和饮用。

我想,在萨默塞特的大屋子中孤独地生活了几年后,这个新社区的紧密亲近必然十分吸引莉莉。这里不是湾仔,但当她看到那些在街上玩耍的孩子,看到晾晒在后院的衣物,看到女人们停下来闲聊,看到街上的人互相问候打招呼,她肯定感觉仿佛回到了家乡。这是她所熟悉的生活。

不过,镇上的人过了一段日子才接受莉莉。一开始,人们经常将她当作日本移民,尽管当时战争已经结束了十多年了,但反日情绪依然非常高涨,莉莉为此遭到了敌视。一些当地人怀疑她,就像萨默塞特的村民最初的态度,她不得不跟人们解释自己来自何方,让他们安心。

几百年前,就有中国人到访英国了,最初是17世纪时的外交使臣和商人。到19世纪末,有很多的中国水手定居在伦敦,在码头附近的莱姆豪斯地区形成了最初的"唐人街"。移民正式进入英国北方始于1948年，那一年，《英国国籍法》赋予新英联邦的公民在英国生活与工作的权利。

20世纪50年代，有将近五万华人移居英国。他们通常聚居于伦敦、加迪夫、利物浦等大港口城市，后来也开始生活在曼彻斯特这样的城市。通常，他们会选择在距离中国来的商路很近的地方建立社区，在经历长途旅行来到英国后，尽力谋生。他们通常会先开洗衣房，然后就转做餐饮、开饭馆，或是做批发。

尽管莉莉住得离曼彻斯特不远，但是她很少能见到她的中国朋友。米德尔顿小镇上的居民都是天主教徒，而莉莉作为一个信佛教的独身中国女人自成一派。她的英文依然不好，她在街上和人们说话的时候，经常得不到回应。当她走入商店，店里的人都会停止说话，盯着她看。自然，在她开始清理、重新粉刷做餐馆的房子的时候，没有人过来提供帮助。

关于那段日子，莉莉所说的，就是她不过是坚持做着自己必须做的事情。她每日早早起床，把那个房子的每一个角落都打扫干净，而在漫长的一天结束的时候，她的眼睛累得酸疼，双手因为反复接触热水而肿胀刺痛，她觉得自己是唯一一个生活在英国的中国女人。也许，一切都依靠自己，实在是她难以承受的。

在20世纪60年代，曼彻斯特只有一条真正的"唐人街"，而在1959年，莉莉是米德尔顿唯一的中国女人。到了60年代晚期，终于有其他几个家庭因为看到莉莉的成功而来到这个小镇，从而形成了一个小小的华人社区。而现在的曼彻斯特地区已经成为一个真正的多种族混合居住的地方，甚至在米德尔顿这样的小镇上，中国人、其他亚洲人、非洲人、加勒比人、东欧人都生活在一起，但是在莉莉的时代，文化的鸿沟依然是难以跨越的。除了独力开创和经营她的生意之外，莉莉还得担任文化使者一职。

在米德尔顿开一家中餐馆，本身就是个挑战。在曼彻斯特，没有华人超市，也没有华人批发商，莉莉最近的货源在三十英里之外的利物浦。那里的华人社区非常繁华，甚至有讲中文的寄宿公寓招待远航来的水手；那里有卖进口商品的商店，货物直接由大货船从中国运来，船上还会运来来自上海的丝绸、棉花和羊毛。

在那里，你能买到真正的中国蔬菜——白菜、芥蓝、菜心，都能买到。快速货船能够一个星期就从香港到达英国，但是这些菜都价格昂贵，莉莉必须学着使用胡萝卜、生菜、白洋葱和皱叶甘蓝这些英国产的蔬菜取而代之。

大米也从中国大量运来，豆芽也是，但是莉莉必须精打细算，保证赢利。很快，她就意识到自己没有办法背着一口袋二十千克重的大米乘火车回米德尔顿，所以，必须考虑买辆车了。

她在当地报纸上，发现了一辆破旧的老福特汽车出售的广告，她对汽车一无所知，之所以选择了这辆车，是因为车是红色的，而在中国，红色象征着好运。实际上，这辆车是棕色的，只是车身上长满了铁锈，但这并没有令她觉得烦恼。她通过自学学会了驾驶——不是特别成功，她始终都没有掌握换挡。

过了几个月，当她把孩子们接到英国后，她就吩咐亚瑟在她手握方向盘、关注交通灯和仪表盘的时候，帮她控制变速杆。对她来说，以及对当时敢走上米德尔顿的街道的人来说，都非常幸运的是，当时路上车辆很少。不过，这辆车令她的新邻居都对她好感大增，大家都觉得很有意思。隔着好远，他们就能听到莉莉驾着那辆老福特到来的声音，引擎轰鸣，轴承吱嘎作响。

外婆的餐厅没有什么开业仪式，她就是打开了门而已。她给餐厅起名为"龙凤"——这也是好运和吉利的象征。餐厅就是在一条都是连排房的街上一间朴素的重新装修过的房子而已。朝向前街的窗户非常宽，房子后部有一片就餐区，供在店里吃饭的人就餐，后来在前面又增加了一个外卖柜台。

龙凤餐厅是莉莉第一次创业，但是她本能地知道经营这家餐厅需要什么，而当我们姐妹们讨论甜甜的时候，我们脑子里想的都是米德尔顿的这家餐厅。莉莉将这个地方经营成了一个服务社区的餐厅，当地的建筑工人、牧师和警察可能在这家店里同桌吃饭。所以，店里的食物必须味道好，菜量大，价格实惠——这是任何一个想要建立顾客基础的店家都必须遵循的黄金法则。

在龙凤餐厅，当地人仅需两先令九便士就可以吃上包含一道汤、一道主菜、一道甜点的套餐。汤通常是清鸡汤，甜点总是冰淇淋，这对当今见过世面经常下馆子的人来说可能平淡无奇，但是在50年代的米德尔顿，这个套餐堪称完美。

莉莉的第一位顾客，是一个叫彼得的擦玻璃的工人，他没有付饭钱。他提出给莉莉擦玻璃，来抵那餐的猪肝、薯条加洋葱。外婆很有做生意的眼光，同意了这桩交易，龙凤餐厅就此开始营业。

渐渐地，她有了一些常客，每周会在固定的一天固定的时间出现，点相同的食物。很快，她就不需要再写下他们点的东西，而是学会了在他们进门的时候便大声问一句："照旧？"客人会点点头，坐下来，享受着店里的独特风味。米德尔顿人也开始尝试中餐，她发现菜单上中餐的那一部分越来越受欢迎。

其中一个爱上中餐的人，是一个叫约翰的五金商人，他喜欢咖喱鸡，但是坚持要求把里面的豆芽单独嫩炒一下，然后配酱油吃。

他喜欢咖喱鸡，也喜欢酱油，但奇怪的是，两样混在一起他就难以接受，所以莉莉总是为他单独烹制。第一年圣诞节，他送给了莉莉一盒巧克力和一瓶酒，之后多年，他一直都是龙凤餐厅的忠实顾客和朋友。

在战争期间，很多女人走出家门，进入工厂上班；到了20世纪50年代，很多女人还在继续工作，她们喜欢工作给她们带来的自由和收入。不过，辛苦工作了漫长的一天之后，疲惫的女人们回到家中依然要喂饱家人的肚子，这就意味着她们还需要在老式的黑铅炊具上烹饪饭菜。如果莉莉能把价位定低些，当地的女性就会养成习惯，下班后到龙凤转一转，花钱买一餐饭，然后就不用进自己的厨房。

对于米德尔顿辛苦工作的女性来说，在街角有一家餐厅，可以帮你烹饪食物，你也无须考虑洗碗的事情，这简直就是天赐的好运气。在餐厅里面就餐，依然是有些奢侈的行为，不过这也正是吸引人的地方。丈夫们在放工后可以去烟雾弥漫的、黑漆漆的小酒馆，而女人们则没有这样的社交中心可以让她们暂时躲开孩子，放松一下。外婆的餐厅正好充当了这样的地方。很快，镇上的人们就给这里起了个别名——莉家。

莉莉推出的菜肴也深受男性的喜欢。他们特别喜欢咖喱菜的火热和独特风味。大多数人都是建筑工地或重工业企业中的体力劳动者，他们的工作都极耗体力。作为家里最重要的养家糊口的人，一个家庭的父亲需要像引擎一样养护——如果他病了，或是受伤了，家里其他人也会吃不饱饭。米德尔顿的妻子们都努力让自己的丈夫吃饱喝足，开心快乐，这样他们才能努力工作，而隔一段时间让他们饱餐一顿来自龙凤餐厅的咖喱菜，绝对是好选择。

开业的第一年，龙凤带给外婆的，除了辛苦的工作、孤独的奋斗之外，别无其他。她需要提供午餐和晚餐，需要购买生鲜材料，需要筹备一切：烹饪、布置和清理餐桌、洗盘子、打扫餐厅和厨房。每天都需要工作很长时间，日复一日地辛苦工作。孩子们渐渐大了之后，可以帮上一把，但是在最初，她基本上都是一个人工作，一周工作六天，每天至少连续工作十四个小时。

我和两个姐妹共同负责甜甜的管理工作，但是我依然觉得精疲力竭，累得要吐。有一回，我觉得情绪低落，便去问莉莉她当初到底是怎么坚持下来的。

"你就去干活呀，"她的回答可以说毫无助益，接着还咯咯笑了起来，"有些晚上，我都看到了圆点。"

"这是什么意思，外婆？"我叹了口气问她。

"我一直干活，干活，累极了就在墙上看到了彩色的圆点，"她在手提包里面翻了一下，找出一条波点的手帕，"就像这些一样！"

那一段时间真的令人身心俱疲，当地人都留意到了，来向她表达敬意和关心。人们也渐渐发现她是一个很好的朋友，莉莉成了社区中热心的阿姨、和事佬、媒人、密探，以及哭的时候可以依靠的肩膀。当然，这也有些负面影响。

令她更加麻烦的是，1960年，一个来自过去的幽灵出现在她家门口。郭展终于攒够了来英国的旅费，找了过来，他形销骨立，仿佛鬼魂一般，而且身无分文。因为酗酒、吸毒，他的身体非常虚弱，根本不适合工作，然后他就来了这里，让莉莉照顾自己。而莉莉，做了一个贤惠的中国妻子该做的事情，收留了他。

也许他意识到自己病得太重，开始悔恨过去对待妻子和儿女的方式；不论动机是什么，他期待着能一家团聚，在米德尔顿镇和家人一起度过生命中的最后几个月。他留下来对莉莉毫无帮助，因为他什么都做不了，唯一能做的就是提醒莉莉他给她带来了多少的伤害。

不到一年，他就过世了，莉莉将他葬在了英国。从此之后，她再也没有提起过他，仿佛是将有他的记忆也一同埋葬了。几十年后，我们一起购物的时候，她才再一次提及他。很显然，尽管发生了那一切，她依然爱着他，她生命中关于郭展的那一章，永远没有办法真正结束。

在米德尔顿镇，尽管有一些常客，不过收入依然不多。莉莉需要节衣缩食，将所有钱都省下来，才能养活孩子，支付贷款。她决定，无论什么时候有人来吃饭，龙凤餐厅都要开门招待他们，她只在星期六早上三点之后才关门，然后休息一天。消息传得很快——毕竟在曼彻斯特大区，几乎没有餐厅会开到那么晚，所以，龙凤很快便在地图上被专门标注了出来。

凌晨时分，夜猫子们跟跟跄跄地离开聚会场所，或是下了夜班，会来到这家小小的餐厅，吃上一份热咖喱配米饭。莉莉的店迎来了一批特别的客人，是她过去没有想过自己会吸引的——这些人都是音乐人和名人，他们的经纪人在他们演出结束后带他们躲开疯狂的粉丝，来店里安静地享受一餐饭。

冬青树乐队是店里的常客，他们发现，在龙凤餐厅，没有人会对他们有一丁点儿关注。他们做梦也想不到，莉莉并不是镇定孤高，而是根本不知道他们是谁。不过莉莉认得出一个客人。

克里夫·理查德和影子乐队走进店里的时候，整个餐厅里的人都呆住了，陷入一片黑洞般的寂静，然后人们便冲向他的桌子，要求合影。那个时候，克里夫就是英国的猫王，他和他的乐队就是全英国最有名的。梅布尔是他们的超级粉丝，所以莉莉也稍微了解一些这个英俊的年轻人。我妈妈看到克里夫狼吞虎咽地吃着一份她自己做的咖喱饭，兴奋得直点头，她简直喜不自胜。

当米德尔顿镇上的人得知克里夫来过龙凤餐厅吃饭，他们开始蜂拥而至，要到龙凤餐厅看看到底有什么特别的，看看是否有机会一瞥心中的偶像。这对莉莉来说再好不过了，尽管她并不认识所有客人，但她很喜欢夜晚的那个时刻他们散发出来的好心情和精力——也许，这让米德尔顿显得更像香港了。

有些音乐人在演出尽兴、非常亢奋的时候，会在菜单上涂鸦，写下他们乐队的名字,胡写乱画,把标价都盖住。有些人会搞恶作剧，总是戏弄莉莉，想让她忘掉他们点了的一些东西。不过大多数时候，莉莉都比他们想象的聪明。

最后，她意识到，有一小伙人很擅长做这种事，导致她的账簿和手里的现金出现了不小的差额。尽管非常有趣，但是这令莉莉赔钱了。她很谨慎地规划着接下来的举动。

那伙人再一次来的时候，莉莉让梅布尔去负责点菜，她透过悬挂在厨房和餐厅中间的门帘密切地观察着他们。她看到其中有一个人躲在柜台后面，藏在低处梅布尔的视线看不到的地方，而在蹲下身去之前，他点了和他朋友一样的东西。

莉莉做了点的菜，将两份食物都摆在柜台上，然后就回到门帘后面继续观察。当梅布尔去拿饮料的时候，莉莉看到年轻人站直身子，端起两个盘子，然后就是一团混乱。莉莉就像一个中国武士一样，从门帘后面一跃而出，那个小偷猛冲向大门口。

他们狂奔到了街上，莉莉怒火中烧，速度飞快，尽管那个人体形是她的两倍，但她没追出二十码就追上了那人，一跃扑到了他的背上，然后就像一个骑在弓背跳跃的野马身上的牛仔一样，悬在那个人身上。那人花了好几分钟，才终于把莉莉甩了下去，逃进夜色之中。

莉莉脚步跄跄地往龙凤走，嘴里用中文骂骂咧咧，懊丧地揉着自己的后背，进了店里只发现满屋子的人都目瞪口呆地盯着她。从那之后，那些人再想戏弄这位脾气火暴的中国女人之前，都要三思了。

不过，后半夜的人们还有另一种。当酒馆关门之后，那些满身酒气的人就会涌入店中，借酒撒疯。莉莉处理不了这样的场面，还有一些人恐吓她。不过，她很聪明，向周围的邻居寻求帮助。

梅维斯·布朗的住处与龙凤餐厅相隔两户人家，她是一个善良又活泼的女人，皮肤白皙，眼睛湛蓝，头顶一头浓密的漂染的金发。她身形滚圆，宽度几乎和高度一致，腰上有好几层肉，把衣服撑得紧绷绷的，也让她显得威风十足。她无法容忍人们的戏谑和玩笑，而且她身上有着一种独特的性感。她总是涂着烈焰般的红色唇膏，说起话来没完没了。

她和莉莉刚认识的时候，莉莉几乎听不懂她的话。梅维斯说话不像伍德曼家的人。她不仅从来都不会沉默，而且总是特别大声。她非常适合做一个服务员兼保镖。

顾客们喜欢她的热情和好脾气，而她工作务实又卖力，像男人一样有用，因而莉莉非常欣赏她，让她去处理那些事情。梅维斯认识所有人，只要她在场，龙凤餐厅就会变成一个小道消息和流言的中心。她休息时，会到路边抽上一支烟，看到经过去买东西的朋友，就揪住他们，在他们耳边喋喋不休。

她也认识邻居们的孩子，如果任何一个孩子来给莉莉捣乱，梅维斯就会拎住他们的衣服领子，把他们丢到街上去。这就足够应付米德尔顿青少年里的那些刺头儿了。梅维斯卓有成效地统治着前厅，而莉莉则是厨房的主宰，龙凤餐厅的发展一帆风顺。

一天晚上，莉莉已经关了店，而梅维斯也回家去了，她站在厨房里准备第二天需要用到的蔬菜，这时她听到一阵敲门声。她没有理会，感觉太累了，不想去门外告诉一个喝醉的人他没机会吃东西了。她又拿起一棵卷心菜，利落地切成了四瓣。

突然间传来一阵脚步声，她心里一惊，抬头看到厨房门口出现了一个黑影。"你的门还开着。"一个深沉的男性声音说,惊恐之下刀子从莉莉手中滑落,划伤了她的手。那人很快走到了有光的地方,莉莉看清了他的样子,如释重负,这是一个穿着制服的警察。

"我正在巡街,看到你的门是开着的,"他解释说,"我敲门你没有应声,所以就来看看。还以为克里夫·理查德可能在这吃晚饭呢。"他不好意思地咧嘴一笑,莉莉都能感觉到自己的肩膀放松地垮了下去。当地的警察都知道,她一个女人独自经营一家营业到深夜的餐厅,在巡逻的时候都会过来看看她。这是她第一次忘记锁门。

她低头才看到刚刚失手掉落的刀引发了惨案,她流了好多血,看到那么多血,她几乎吓晕了过去。那个警察帮她包扎,又替她倒了一杯水。

"克里夫来这里的时候都吃些什么?"他固定绷带的时候又问道。厨房里面还剩下一些食材,所以莉莉决定直接展示给他看。她为他准备了一份美味的咖喱,他大快朵颐,吃得非常开心。他吃完的时候,莉莉也切完了第二天要用的菜。要答谢警察们对她的关注和照顾,免费的一餐饭实在算不得什么。只是,莉莉对自己说,可不能每次警察顺路拜访她都差点损失一根手指,她完全可以做得更好的。

几个星期后,这一餐免费的午夜晚宴收到了回报,莉莉又一次遇到了这位警官,不过是在完全不同的场合。当时莉莉驾着车去利物浦采购,说实话,她从来都没有真正理解透交通规则。她很开心地绕过了一个转盘,不过是逆行的,她发现自己引得别的车纷纷急刹车闪避躲她。司机们都怒气冲冲,猛按喇叭,摇晃拳头。她用中文骂回去,然后便听到身后传来了警笛声。有短暂的一瞬间,她考虑要逃跑,但是她的老福特车可没有办法和警车赛跑。于是她停车等着。

"噢,又是你啊,莉莉,"警察吃惊地说,"你到底是要赶着去哪儿啊?"

"对不起,警官,我是超速了吗?"她眨着眼睛问。

"你在转盘逆行了。这非常危险。"他刻意让声音显得非常严肃。

外婆低下头,悄声咕哝着自言自语。

"不过,既然是你,莉莉,你的咖喱饭实在太棒了,那这事情就这样算了吧。不过请你小心驾驶。"警察说完回到自己车上开车走了。

莉莉每日忙忙碌碌,努力维持着餐厅生意的运作,而渐渐地、微不可察地,她开始变成米德尔顿的一分子,这片社区开始真正地喜欢上了她。直到她被邀请为当地的一位工厂主史密斯先生的退休派对准备一顿中国盛宴,她才意识到,龙凤餐厅已经成了当地的一家名店。

莉莉非常开心自己能被选中承办派对，驾驶着她的老福特，准时地去了工厂，去商谈细节，她无意中将车停在了一栋巨大的没有窗户的砖结构建筑的阴影中。有人领着她走入工厂，当她站在工厂厂房内时，仿佛一瞬间回到了童年时候在广州的工厂中，怅然若失。

这里的噪音，咣咣运作的机器散发出来的热量，全都扑面而来，空气中飘荡着油气和尘埃，又热又闷。她觉得自己的肺缩紧了，不由得想起了昔日的丝织厂，想到了冒着热气的水缸，想到了她的手被揪着插入热水中，烫得冒出水疱。

这家米德尔顿的工厂是棉纺厂，相比多年前在中国的丝织厂，这里是一个先进得多的地方。一排排的机器林立，女人们行走其间，很有技巧地矫正控制板上的旋钮，保证棉花流畅地移动。她们全都穿着统一的制服，系着白色的围裙，小小的尼龙帽子罩住了头发。有些人会拿车间中的包装箱当临时的凳子坐。

莉莉吃惊地站在那里看着，这时工厂领班看到了她，便从角落玻璃墙后的办公室中小跑了出来。他提议带她快速参观一下，莉莉点头表示同意，因为她没有办法开口说话。领班带着她参观工厂的时候，她意识到，这里的情况实际上并不比多年前的中国工厂好多少。在一个努力坚守着自己的独立生活的女人看来，在这个地方的每一处，似乎所有的人道都要被无视掉，以保证生产效率。

工厂里的人都要当八个小时的班，工作时需要时时刻刻都听从命令。门口有一台大钟，和一台工人们上下班打卡的机器。如果迟到一分钟，就要被扣掉十五分钟的薪水。如果迟到十六分钟，就要被扣掉半小时的薪水。

早班工人六点五分到工厂，然后机器就都运转起来。之后，晚一些班次的工人陆续到来，加入奋斗的人越来越多，钢铁织布机的轰鸣声越来越大。到傍晚接近六点的时候，会到达最高潮，然后声音会从六点整开始变弱。一声哨响之后，工人们就会急匆匆赶到更衣室，一边走一边扯掉身上的围裙，拼了命地想快点离开工厂回家。

管理层认为如果一台机器停下来，就没有办法赚钱了，所以，领班受命要记录机器停工的情形，每周发薪水的时候，经常会有一些"累犯"的薪水被扣减，这并不是什么稀罕事。女人们俯身近距离检查棉花是否在滚筒和齿轮间正常传送，而在她们整理线轴的时候若有一点笨手笨脚，领班的身影就会出现在她们身后，咆哮着让她们加快速度。因为，时间就是金钱。

工人们想要知道时间，根本不必去看那台大钟。厂房内声音的大小，以及线轴的更换频率，都能显示这是一天的什么时间。晚上，她们拖着肿胀的双腿、酸疼的后背,步履蹒跚地回到家中,还要料理晚餐。

莉莉参观过工厂,和相关人员开了关于宴会的会议之后,领班送她出去。走到门口的时候,她停了一下,回望了一眼那一排排轰鸣的机器,又抽鼻子嗅了嗅空气。棉花的纤维刺激得她鼻子和喉咙发痒,眼睛刺痛。离开的时候,她如鲠在喉,微微地深吸了一口气,然后抹了抹眼睛。这些女人必须享受一次永远都不会忘记的派对,一次真正的盛宴。这是她们应得的。

那是她第一次为这么大的场合提供餐饮服务,她很谨慎地把食物都摆盘装好。她准备了一个给史密斯先生的超大的惊喜蛋糕,将人们给他带来的礼物盒子都藏了起来,然后又检查了一遍餐厅。一切准备就绪。

女人们陆陆续续到来,她们都脱去了平时闷热而扎人的制服,穿上了最好的衣裙,化好了最好的妆容。坐下来用餐的时候,她们都很兴奋,叽叽喳喳地说个不停,陶醉在面前摆满的丰盛的异国佳肴之中。她们也喝了不少酒,派对非常成功。

最后一道菜被清盘后,大家开始四处敬酒,莉莉透过厨房的门看着她们,觉得心满意足。她大功告成。而且,她所做的这一切,以某种方式,令当年广州工厂纠缠着她的心魔安定了下来。她非常感谢上苍，她现在在自己的餐厅中干活，而不需要依靠一个强调生产目标的工头的慈悲。

她意识到，她也许还没有完全融入英国社会，但她在这里找到了自己的立足之地，她能够用自己的餐厅给这里的人带来欢乐。她知道，老伍德曼太太会为她骄傲的。

第八章 梅布尔砂煲鸡

英国曼彻斯特
1959—1974

与其诅咒黑暗,不如燃起蜡烛。

当然,从某种意义上来说,在龙凤餐厅开创初期,莉莉并不完全是一个人。她还有我妈妈梅布尔和我舅舅亚瑟陪着她。两个孩子不得不快速成长起来——他们来到了陌生的国度,第一次感受到餐厅那种忙碌的气氛,他们的妈妈每天都工作很长时间。

我妈妈经常跟我提起,她到英国的那一天,便失去了童年的天真,当我问起她那些年的事情时,她总是不愿意细讲。如果问她童年开不开心,她就不耐烦地反问一句:"什么童年?"然后就会立刻转换话题,或是拉长一张苦脸,表示不屑于谈这个话题。

梅布尔觉得,自己还是个孩子的时候,就被迫像个大人一样工作。而我在了解了莉莉的成长经历之后,就明白了为什么莉莉没有觉得这有什么不对。从很多角度来说,莉莉的童年不过是一段成长的时间，到了她可以干活的年纪时就结束了。她觉得全家一起工作是种义务，而且认为每个人的年龄都足够大，可以做自己力所能及的事情。

莉莉说梅布尔一直都不好相处。在中国，生产的时候有一项非常恼人的风俗习惯。在生完孩子之后，新妈妈就要吃一份用醋泡过的酒酿猪蹄和鸡蛋。如果这个大杂烩的味道吃起来是甜的，那么新生儿也会非常甜美可爱；如果是辣的，那新生儿就会脾气不好，难以对付。太婆深受这些传统风俗的影响，又非常迷信，所以在梅布尔出生之后，她就让莉莉吃了一份这种东西。那味道实在太辣了，莉莉根本就没有吃完。这传达出的信息非常明确——这个新生儿会非常麻烦。

家中流传的故事都说梅布尔是个脾气不好的孩子。她很小的时候，每次闹脾气，太婆都只能喂她吃莲子和老鼠仔酒才能哄住她——老鼠仔酒是另一个传统偏方。长大一点之后，可怜的梅布尔发现了那种安慰剂的原料是什么，便不断厌恶地尖叫——和她妈妈一样，她也怕老鼠。不过，那偏方似乎卓有成效，梅布尔长大后，成了最温柔、最和气的人。

莉莉将她接到英国的时候，她只有九岁。她立刻就讨厌上了这个国家，因此也讨厌上了把她带到这里的莉莉。她不得不离开她唯一了解的在香港的生活以及那里所有的朋友。她一直都在太婆的精心照顾下成长,莉莉为伍德曼家工作而无法待在家里,是太婆一直尽心尽力地充当着妈妈的角色。

莉莉先是消失了几年,之后又毫无预兆地回来了,带着她的这个小女儿离开家乡。梅布尔毫无选择,不得不来到英国北部这个污染严重、寒冷潮湿、仿佛泡在雨里的小镇。她想念太婆讲的睡前故事,想念太婆温暖的拥抱。她想念自己的朋友,想念晒在后背上的暖阳。这里的街道上,人们讲的不是广东话,而是一种带着浓重口音的英语,她听不明白。

他们在一个阴暗的冬日午后到达。梅布尔和亚瑟从停在龙凤餐厅门前的出租车中下来,瑟瑟发抖地站在街上,莉莉则在卸下他们的包和行李箱。

两个孩子四下环顾,想要看清楚这片不太像乐土的地方,就在这时,那条街上的居民一家接一家地走出门来,抱着胳膊站在自家门口的台阶上。他们啧啧不已,轻声低语:"先是来了一个中国人,现在又来了两个。该死的害虫!这世界要变成什么样了啊?我们不是为此打过一仗了吗?"

梅布尔没有经历过种族歧视——在湾仔生活的时候,她不过是个平常的孩子而已,而现在,有那么多双眼睛盯在她身上,她能够察觉出来其中的敌意在不断聚积。尽管她还很小,但是她很快便明白了那到底是什么意思,十分肯定她的邻居极可能冲过来朝着她的脸砸上一拳。

当时,莉莉家是镇上唯一的中国家庭,所有人都认识他们。梅布尔是"莉家的女儿"。她的妈妈已经给她在当地的小学报名注册,而亚瑟则去了几英里外的一所中学,所以,梅布尔必须独自去面对在英国学校上学的第一天。她想和其他孩子聊天,但是她会说的英语不多,而且带着很重的中国口音,别的孩子都很快就失去了听她讲话的耐心。她实际上成了哑巴,而别的孩子也都不理她。

她的英语水平提高得很快,最后终于交到了几个朋友,不过,这并不能使她免于被霸凌。几乎每天,她从学校回家的时候,头发都是一团糟,衣服被撕裂,眼睛里含着泪。莉莉因此而十分伤心。

中国的为人父母之道是充满矛盾的。莉莉会先责怪梅布尔一通,责怪她这个样子回家,责怪她没有反抗欺负她的人,实际上这种责备也是在掩饰她自己内心的恐惧。然后,她会给梅布尔泡上一杯茶,满怀爱意地喂她吃饭,再把她哄上床。梅布尔睡着后,莉莉就会站在床边看着她。经历过曾经的岁月之后,她真的是用全部心思爱着自己的孩子。

她会看着女儿,直到女儿渐渐睡着,然后摇摇头。这情形,让她想起自己在这个陌生国家中的奋斗和不安，想到当初在萨默塞特的伍德曼家的大屋中的孤独。尤其是她体会过相同的孤独和尝试去适应英国生活的不幸。从她递过去茶时的温柔，她拉好被子时的细心，梅布尔肯定也察觉了她心中的同情。妈妈和外婆非常亲近，她们之间那种相互取暖的感情，实际上是源于共同度过的几十年的艰辛。

霸凌并没有减少。到了最后，自然没有了办法，她觉得让梅布尔吃午饭的时候回餐厅来，以及尽量避免和别人一起去操场会安全一些。她在餐厅里面会很安全，莉莉会留心看着她。她也能在这里帮上一把手，因为生意越来越好，午餐的时候格外繁忙。梅布尔觉得这些活非常无聊，但是任何事情都比在学校里好。

当上午课程结束的铃声一响起，梅布尔就会冲出教室，穿过镇子，回到龙凤餐厅。她从后门进屋，在校服外面系上一条围裙，便立刻开始工作。她端盘子、洗盘子，并且负责在把菜端给顾客前加上最后的配菜。

梅布尔到现在都依然觉得中国式厨房的味道和声音让人安心。漫长而不友好的学校生活，困难的课程，会暂时被龙凤餐厅中的温暖和喧嚣中断一个小时，而这里是她深爱的香港的昔日生活与现在米德尔顿的灰暗日子之间唯一的牵系。莉莉给她一大盘蒸菜作为奖励,她就仿佛瞬间穿越回了湾仔,无比欣慰地拿起筷子。

梅布尔没有让那些被霸凌的经历影响到内心,这件事充分体现了她非凡的品质和坚强。她有一颗包容的心,而且已经学会了不去做一个刻薄的人。

时间的流逝让事情都变得越来越轻松,梅布尔安顿了下来,当地人开始来龙凤餐厅吃饭,习惯了有一个中国家庭生活在他们中间。莉莉和两个孩子都非常有礼貌,邻居们也不会来惹是生非——这是英国人的一个特点,只要一个人能说"请"和"谢谢",他们就会包容这个人,不论他和他们有多么不同。梅布尔觉得留在莉莉身边非常安全,尽管她一直都保持着距离,不过她依然给那些起劲地吞食着她母亲做的食物的饥饿食客带来了些许温暖。

这些顾客都是从工厂过来的,身上都还穿着工作服——身穿连体的工装,头戴平顶帽。他们说话的时候总是拖长了元音,称呼梅布尔的时候,有一整套独特但充满感情的昵称:"宝贝""公主""甜心"。莉莉把他们的盘子装得满满的,而他们会狼吞虎咽地全部吃下——他们总是把盘子刮得非常干净,梅布尔洗盘子都不需要费力。

餐厅的楼下既舒服又放松,而在人们看不到的地方,在用餐区的楼上,是莉莉简单的居所。一道窄窄的楼梯通向一个楼梯平台,那里能看到三个小房间,楼梯平台的墙边都堆满了一袋袋的干货、一箱箱备用的设备、碗盘和刀叉。干货和烟草的味道飘荡在空中,渗透在一切东西里。莉莉没有多余的钱来改善居住条件。地毯又破又旧,脏兮兮的植绒墙纸已经开始脱落,地板也吱嘎作响。

梅布尔独住一间小小的火柴盒一样的房间,只够放下一张单人床,床的四面都紧贴墙壁,再没有空间。她会蜷缩着躺在被子里面取暖,盯着屋顶上的裂缝,心中想着自己是否还有机会再看到香港。现在她依然还会抱怨那栋老式的连排房屋里的厕所。

如果她在夜间醒来,她会躺着,翻来覆去地想自己是不是真的需要去上厕所,最后长叹一声,掀开温暖的被子,趁着身体还没感觉到寒冷,匆匆地套上一件套头衫和一件厚厚的羊毛秋衣。然后,她会冲出去,穿过永远不停的迷蒙细雨,跑到院子中的厕所里。

有一次,我强烈质疑:除了天气以外,20世纪60年代的米德尔顿,真的比湾仔糟糕那么多吗?她顿了一会儿,才解释道:"我没想到英国会是这个样子,我以为所有英国人都是百万富翁呢。在香港,我们见到的英国人都住在大房子里。我听说,英国有很多很多那样的房子。"她说这话的时候,正从自己温暖的家中望向外面一排排的米德尔顿的房屋屋顶,现在她的房子有了中央供暖和室内厕所。"我想错了。"有时候,我真的觉得她从来没有真正地在这里安顿下来。

最后，香港成了迷蒙而遥远的梦，而在餐厅工作的经历，让她收起了羞怯。她在这里如鱼得水，顾客问："都有什么吃的呀，梅布尔？"她就会咯咯笑着，以最好的态度来服务——"啊？您又来了？是把这里当作第二个家了，是不是？"就像很多被霸凌的孩子一样，她锻炼出了一种独特的幽默感，以及坚忍与果决，这些品质也有助于她去讲述那些她身上发生的不幸的事情，总是引得听众捧腹大笑。

曼彻斯特的中国人激增，而莉莉的小家庭渐渐地不再是这片地区的奇人怪事了。新来的移民参与到城市的重建中，新机场中有直飞香港的航班。随着中国工人越来越多，中餐和中餐馆也越来越多，很快便形成了一片中国城，以福克纳街为中心向外围扩散，渐渐发展成世界上最大的华人社区之一。

这些中餐馆一般不会雇英国员工，而是从香港接来家人或亲戚，他们都愿意接受比英国人低的薪水，又能工作很长时间。就像莉莉家一样，很多的家庭最后都两地分离，一半在香港，一半在英国，经常都计划着把钱存得多一些之后就回香港一家团聚。大多数人都没有受过正规的教育，或是只接受过很少的教育，基本不会说英语，因而只能做餐馆的杂工或侍者。

到了20世纪70年代，中餐已经从异国风味的美食发展成了一种可以日常食用的廉价美味。每一个城市，每一个小镇，都有中餐的外卖餐馆和餐厅。英国人的味觉越来越爱冒险，每一次移民浪潮，都会带来品尝新的料理的机会——希腊菜、印度菜、意大利菜，也都像中餐一样开始流行起来。

莉莉的生意蒸蒸日上，她在伯里和布莱克本新开了外卖餐厅，售卖装在锡箔纸里的酸甜猪肉配糯米饭，生意十分红火。她在自己小小的生意王国中奔波不停，而龙凤餐厅里的生意则越来越依赖梅布尔。她还请基特·叶和莉莉阿姨在工作日晚上以及周末来帮忙。

因为觉得孤独，基特·叶辞掉了在苏格兰的阿妈工作，南下来到曼彻斯特，到中国人社区中生活。莉莉阿姨依然从事秘书工作，以此养活自己，不过很开心能够在业余时间来龙凤帮忙。老朋友们过来工作，厨房里面回荡着欢声笑语。

龙凤餐厅菜单上的招牌菜是莉莉在从香港来英国的漫长旅程中，在"广州号"邮轮上研究出来的咖喱鸡。梅布尔开创自己的生意时，在外卖餐中供应这道菜。而我们，莉莉的孙女们，也在甜甜餐厅供应这道菜。这道菜有非常特别的吸引力——我曾经听一些顾客好奇地说，不知道这道菜中是不是加了什么东西让他们上瘾，才会让他们一次次地来吃。

这说法让我想笑。我知道莉莉的咖喱鸡不需要耍任何花招——这道菜的配方很简单，而原料都要上佳的，这便是这道菜唯一的奥秘。烘烤过的大蒜、洋葱和香料散发出浓郁的味道，汤汁浓稠细腻，但肉的原味依然能够散发出来，即便是用牛肉代替鸡肉，也是可以的。其中的辣椒够味儿，非常诱人，不过这道菜最大的特点是让人同时品味到辣、甜和有层次的美味。

要熬出一大锅咖喱来，需要花上一整天的时间，而且全家所有人都要参与。甜甜在每个星期一做出一整个星期的用量来，因为星期一是餐厅最不忙的一天。因为有了冷柜，所以咖喱可以保存得时间长一些。配料是个秘方，需要细心地拼配在一起，从上午十一点开始，到晚上十一点结束，需要耗费十二个钟头。

梅布尔教会了我们做这道菜。我们会围在一个大号的钢铁炖锅边，梅布尔便教我们认识一碗碗不同的香料，然后解释该怎么放进去来熬制咖喱。随着一种种香料下锅，这道菜便渐渐地有了生命，不断加热，味道也愈加馥郁。我们都学会了该怎么把椰子粉添加进去，让口感变得更细腻，更懂得了为什么自家种植的小麦面粉效果要明显好很多。

我没有办法说清楚莉莉和梅布尔到底做过多少次咖喱，但是每一次做，每一个步骤，都臻于完美。她们定时用面包片去蘸炖锅中的酱汁，检查味道，而我们要轮流负责搅拌咖喱，直到它变成浓稠的酱。而那味道会弥漫在整个餐厅。

妈妈说，在经营龙凤餐厅的时候，她们一般是在晚餐的时候供应新鲜出锅的咖喱，但是午饭的时候，就有闻到了味道的顾客来敲厨房的门，问咖喱到底什么时候能好。现在依然有这种效应。最初我们将这道菜列入甜甜的菜单，纯粹是出于情怀，不过这道菜始终是最畅销的菜品之一。每一次，妈妈听到有顾客点了这道菜，我都能看到她默默地露出心满意足的微笑。

梅布尔成了龙凤餐厅中的女招待。她的生活很有规律：上学，放学后、周末和节假日干活。她在学校里面表现很好，不过没有继续升学或是去找一份办公室的工作。她已经有了固定的工作。

她很擅长迎来送往，厨艺也非常好，莉莉教会了她一道特别的菜，而她将这道菜变成了自己的招牌。梅布尔砂煲鸡烹饪的过程中需要回锅，先是将用米酒腌制过的肉进行煸炒，然后添加蘑菇、蔬菜，再放在炉子上煮。砂锅中放入腌料、蚝油和高汤，慢慢加热，鸡肉就会变得越来越鲜美滑嫩。

在我和妹妹们小时候，她常做这道菜给我们吃。砂锅的盖子一掀开，热腾腾的香气就扑鼻而来，令人胃口大开。我们也把这道菜当作一种慰藉和一道特别的家常菜。

龙凤餐厅过去的常客如果在街上遇到我，会停下来和我聊天，他们总是会问起梅布尔，跟我说他们都爱她。她和气慷慨，为人宽容。她身形娇小，甜美可人，总是将头发编成两个小小的麻花辫，是米德尔顿有着异国风情的美人。之前这里没有人听过中国女孩讲英语，而她则成了这片地区一个独具魅力的新奇人物。

她的语言水平提高迅速，她和顾客们练习，每次说错了，他们都会毫无保留地纠正她。今天，她说的英语没有一点中国口音，从电话中听来，就是一个百分之百的英国人。从她的语言中，你根本猜不到她是在香港出生的，在九岁之前只会说广东话。

我和妹妹们是说着英语长大的，我们几乎没有意识到自己和英国同学们有什么不同。我们都出生在这里，从小就浸润在相同的文化中，我们都能回忆起学生时代看过的那些电视剧，读过的那些书，做过的那些事情。妈妈则接受了两种文化，她十几岁的时候也是一个狂热的流行音乐和电影爱好者，就和学校里其他女孩一样。

龙凤餐厅的柜台上放着一台小收音机，只要里面放到甲壳虫乐队的歌，梅布尔就会扭大音量，跟着手舞足蹈。她也沉迷于青少年杂志，她收罗了所有她热爱的音乐团体的资料——她当时痴迷于"披头士"，甚至去看了他们1963年在长街合作社的演出。每当回忆起当时的情形,她总是眼眶湿润。在那个小小的厅内,三百个女孩齐声尖叫,叫声盖过了音乐声,气氛热烈,她也亢奋激动,和别的女孩一起尖叫,几乎不敢相信真正的约翰、保罗、乔治和林格就在她的面前。

二十岁不到的时候,她已经在龙凤餐厅里面工作将近十年了。她的哥哥亚瑟不断提及要离开餐厅,离开米德尔顿,而梅布尔却没有什么雄心壮志——她看不到有什么需要改变的。她的确希望能够结婚,却一时想象不出来除了现在拥有的之外,生活还能带给她些什么。

十八岁那年的一天,她懒洋洋地躺在床上读着杂志,这时听到了外婆叫她的声音。外婆告诉她,她的姨妈和姨父来了,需要她去曼彻斯特机场接他们过来。外婆自己没有时间,而她的姐姐姐夫过去从来都没有踏足过英国。

他们是要去加拿大,希望能够在那里开创自己的生意,只是中途经过英国。有一个叫艾瑞克——中文名叫阿树——的年轻人与他们同行,艾瑞克有餐饮行业的经验,到了加拿大之后会为他们工作。艾瑞克的家乡和外婆的家乡在同一个地区,都是广州城外的村子。有一户姓谢的人家掌控着那个村子,他们的主要收入是生产当地的一种土特产,那是一种味道酸甜的酱料。就如同村子里的很多人一样,艾瑞克家也姓谢——当地居住的农民好几百年也不会迁徙远行,所以村里的人都有着这样那样的亲戚关系。

艾瑞克家的故事和梅布尔家基本类似。他们离开了村子,来到香港,20世纪60年代末,艾瑞克的父亲在非常高端的文华东方酒店工作。他在那里学会了烹饪西方化的东方菜肴,然后又教会了自己的儿子。

艾瑞克家有六个孩子,他是最大的一个,就如同其他的中国家庭的男孩一样,他身上承担着很多的家族责任和父母的殷切期望。他觉得,父母对他的期望就是他能接父亲的班,继续在餐饮行业中谋生,但是他希望生活能更加多彩。他喜欢西方的一切——电影、音乐,都喜欢——他十几岁的时候是香港的时髦派,留着蓬松的鬈发,戴着厚重的黑框眼镜。

到了20世纪70年代,他需要找一条路来对抗从他出生起就加在他身上并且不断累积的家族压力,所以便一时冲动,决定移民加拿大。他的一些朋友比他胆子大,敢冒险,已经离开香港去了北美,他们在写回来的信中描述他们住大屋开豪车的生活,令他激动不已。

读着朋友们写来的信,他觉得自己的小房间越来越小,家庭的阴影越来越大,家人纠缠着他,唠叨着他,告诉他该做什么。他了解香港,他认为自己很清楚如果留在这里生活会如何收场——也许是他和自己的妻子儿女一起，挤在另一栋小公寓中，就如同他的父母和兄弟姐妹们的生活一样。加拿大的宽广世界在他脑中越来越清晰，而那里就是通向美好生活的必然之路。

他开始四处打听。他对一些朋友讲了关于去加拿大的计划，他们告诉了另外的朋友，然后有人想起来我的姨祖父正在找能去加拿大为他工作的人，于是便将他介绍了过去。艾瑞克和姨祖父签了契约，将谢家的酸甜酱配方当作资本入股。而这就是他新生活的开始。

好吧，几乎算是吧。事实证明，艾瑞克的新生活峰回路转，出人意料。他们的飞机在曼彻斯特着陆后，姨祖父带着妻子和艾瑞克过了海关，走到入境区，然后艾瑞克就直接遇到了那个将成为他一生所爱的女人。

爸爸谈起这段故事，总是喜欢说他对妈妈一见钟情，说他第一眼看到妈妈——皮肤白皙的她身着时髦的西式衣服，耐心地等在闸口——立刻就无可救药地爱上了她。当她试探地和他们打招呼，他就差不多决定了要留在英国。妈妈实际上也对他印象深刻，不过她努力没有表现出来，问候了自己的姨妈姨父，然后带大家出门乘车。

爸爸讲起往事的时候，总是会从这里直接跳到他和梅布尔在曼彻斯特的第一次约会，他会回忆他求婚时的情形，让妈妈因害羞而脸红。妈妈当时觉得他肯定是在开玩笑,所以完全没有理会他。他不断求婚,求了好几个星期,妈妈才开始认真对待。"从看到她的第一眼,我就知道我会娶她。"爸爸总是这么说。他们一起经历了生活的起起伏伏,我觉得他从来都没有质疑过自己当初这个一时兴起的决定。

在遇到彼此之前,两个人都没有什么恋爱的经验。梅布尔的生活就是围着龙凤餐厅的桌子打转,她想象不出来自己会是别人的浪漫激情的对象,更别说是妻子的人选了。她心思单纯,因此很快便深深地爱上了艾瑞克。梅布尔和外婆一样,都很幸运地嫁给了自己爱的人。

起初,他们没有告诉莉莉他们的恋情。艾瑞克问莉莉,他能不能留下来,在龙凤餐厅工作,因为他改变主意,不去加拿大了。莉莉同意他留下,是作为一个老板,而非一个母亲。她很理智地认为,艾瑞克是个技艺不错的中国厨师,是一个廉价劳动力——她非常需要这样的人来保证两个外卖餐厅和龙凤餐厅的顺利经营。她自己的儿子亚瑟野心勃勃,去布里斯托尔投奔另一个姨父了,而这个年轻人刚好可以顶替亚瑟。艾瑞克很快就在龙凤餐厅的厨房中占据了一席之地,开始大量供应他的酸甜酱。

他们三人在那小房子中相处良好,莉莉觉得,这可能有点太良好了，她很快便意识到了梅布尔已经爱上了艾瑞克，这真的无法让人忽视。她觉得自己被孤立了，成了自己家中的外人。艾瑞克既侵入了她的生意，又侵入了她挚爱的家庭。

她费了很大劲儿才接受，当初那个她耗费心力喂养、打扮、带到英国来的小女孩，如今已经成了一个大人，可以决定自己的命运了。她发现，面对这段不断茁壮成长的感情，她无能为力，什么也做不了。她很讨厌这局面，于是，她便有些心不在焉地对此视而不见，说服自己在米德尔顿没有更适合梅布尔的其他中国小伙子，让自己接受。

梅布尔当时心神恍惚。在米德尔顿生活久了，她觉得艾瑞克既有异域风情，又透着一种熟悉感——他们一聊起就能聊好几个钟头。他总是用逗趣的笑话和恭维哄她开心，他买了一辆自己的车，在晚上两个人都休息的时候，便载着她一起去看电影。她一下子就体会到了自己渴求了多年的兴奋和关注，而这个英俊的年轻人，全心全意地痴迷着她。

他们一起聊他们想念的食物，聊醋酿蹄膀或是黑豆豆腐炖鸭掌。他们谈起让西方人毛骨悚然脊背发凉的老鼠仔酒和蛇血的时候都大笑不止。他们聊在英国作为一个中国人该如何，讨论那些老的中国的传统风俗是否应该在西方保留下来，交换他们在语言方面闹的笑话,还有自己编的一些双关语。梅布尔从来都没有办法和她的英国朋友谈论这些——他们都不会懂的。而和艾瑞克在一起,她觉得轻松自在。艾瑞克有趣,活力四射又极富幽默感,而且又一心想要取悦她。

梅布尔第一次不再认为自己属于几千里外的一个地方,她找到了归属感。那归属就在她面前。艾瑞克很为自己的中国血统骄傲,他会充满激情地争执说,不必像尽义务一样地去遵循每一个中国传统,你也可以做一个中国人。

他对梅布尔说,不管你去到哪里,都可以带着你的中国身份,就像是带着一件行囊一样。有时候,你会欣然地将它当作一种慰藉;有时候你可能会钻进去翻找一些你认为应该包含在其中的东西;有时候你会谨慎而充满敬意地从中拿出一些东西来使用,用完之后又会认真地包裹回去;有时候,你会把它存在一个安全的地方,等着某天用到。

梅布尔过去从来都没有想过龙凤餐厅之外的事情,而现在开始思考更大的世界。艾瑞克是个梦想家,渴望着成功以及成功带来的钱财。他有很多计划,梅布尔已经开始全心全意地相信那些梦想,开始勾勒他们两个人离开米德尔顿环游世界的生活。

他让她安于自己的肤色,让她发现他们同时骑着两匹马——一匹中国的,一匹英国的。我和姐妹们生长的环境,实际上是两种文化的熔炉。

不过这都是需要几年才会发生的事情,而且需要先克服一些障碍。梅布尔尽管深陷热恋之中,不过内心依然纠结,一方面想着对为自己付出很多的妈妈担起责任,另一方面又陶醉在艾瑞克酝酿的新计划之中。艾瑞克希望他们能离开龙凤餐厅,开一家属于自己的店。

莉莉并不知道这一切,她还是不断谈论要扩张餐厅,让梅布尔担起更多责任。梅布尔在爱和忠诚之间犹豫不定。她一直全心全意地爱着自己的妈妈,而现在艾瑞克出现了,他改变了她看待世界的方式。她游移不定,内心痛苦不堪,负罪感也不断累积。但最后,梅布尔决定离开这小小的房子和龙凤餐厅,离开莉莉的王国,和她深爱的男人一起去开创自己的事业。

第九章 筹码，危机，薯条

英国曼彻斯特
1975—2003

只要不改变方向，总能走到我们的目的地。

他们手牵着手到莉莉面前，跟她说，他们订婚了，莉莉微笑地看着他们，但是内心却在叹息。她很清楚地意识到，她就要失去自己的女儿了——她的小女儿似乎在一夜之间长大了——不过，她安慰自己，艾瑞克至少是个中国人，是个善良诚实的男人，而且也在餐饮行业，不会把她挚爱的女儿带得太远。

我的父母于1975年结婚，在伯里举行了一场小小的传统婚礼。他们跟我说，那天天气晴朗，不过他们没有照片记录下那个时刻，因为摄影师打开相机的时候太匆忙，胶卷全都曝光了。爸爸和妈妈刚认识没多久，并不太了解对方，而他们也都非常年轻，本不该迈出这么大的一步，但是他们勇敢无畏地走了下去。

他们没有去度蜜月，餐厅的运营基本上没有受影响：爸爸依然做厨师，在厨房忙碌，而妈妈则负责招待顾客。楼上的房间做了一些重新布置，爸爸带着不多的财产搬到了梅布尔的小屋中。那一段时间，他们始终没有提起去开创自己事业的计划，小房子中的生活还算不错，只是地方挤了一点。莉莉是一家之主，艾瑞克听她的吩咐。

就如同所有的新女婿一样，爸爸总是寻求外婆的赞同，恳切地希望能够赢得丈母娘的好感。他提出新菜式，新的料理方法，以提高外卖店的效率，不过莉莉没有理会他。她用了很长时间才对艾瑞克产生感情，将他视作家庭的一员，而不只是员工。然而，当他们终于发现了彼此的共同爱好时，结果却是灾难性的。

外公郭展想在自己父亲的餐馆里，通过在棋盘上诈骗来赚钱谋生，结果却在湾仔的赌桌上输掉了自己的一切。莉莉本来没有机会尝试赌钱，一直到在"广州号"上，她才和一些朋友在打麻将的时候加上一些筹码怡情。

在香港，赌博实际上是违法的。爸爸到英国之前，从来都没有感受过为了赛马而坐立不安的激动。20世纪70年代，他和莉莉发现了赌场。这段故事，我是靠从亲戚朋友那里听到的零星传说拼凑起来的，因为爸爸从来都不会谈起那段往事。这一切都是我出生之前的事，我把那些传闻拼凑在一起，才真正了解到底发生了什么。

事情的最初完全是不经意的，只是想在深夜餐厅打烊后找一个有意思的方式来放松一下而已，而且这种方式让艾瑞克和莉莉走到了一起。他们去的赌场，和蒙特卡洛豪华闪光的房间天差地别——那里既没有戴着黑色领结的男人，也没有戴着像是枝形吊灯般耳坠的时髦女人。

这些都不是专业的赌场，不过是在房间里面摆满了硬背椅子和简单的塑料贴面的桌子，用明亮耀眼的卤素灯照明。因为中国移民不断增多，餐厅如雨后春笋般不断发展，出租公寓、批发商也是如此。赌场也加入了其中，一路跟随着移民，时刻都准备着让他们卸下一些辛苦赚来的钱。

赌场知道自己的目标群体，开门时间非常晚，一直营业到深夜。今天还有很多这样的赌场，里面挤满了中国赌客，想要一夜暴富——我们都知道那些赌场开在哪里，是什么人在经营它们。曼彻斯特华人社区中的每个人都痴迷于那个一直悬在眼前但永远都无法实现的希望——总是希望能够一劳永逸地脱离艰苦繁重的劳作，找到发家的捷径。

我父母那个年代，赌场还有第二种功能，是一种非正式的社交中心，华人社区的人聚到这里，谈谈店铺和生意。赌场更像是会所，是一个人们彼此认识、很开心见到彼此的地方。当然，赌场的人的确认识你，很开心见到你——每个赌客都意味着老板有更多进账。

每次有一家新赌场开业,消息就会传遍社区,人们便开始满心期盼,仿佛那里有舞会或是派对一样。赌场老板不能做广告,所以,他们提供免费的食物和饮料,而且总是一而再,再而三地保证幸运的人在开业第一晚能够赢得大奖。因而,整个社区就都会产生兴趣,顾客们就如潮水般涌入。

他们在选择大奖的时候非常精明——红色的跑车是很常用的噱头。红色是吉利的象征。不论谁得到了这个大奖,当他骄傲地开着新得来的汽车,跟餐厅和外卖店的老板们说这车是赢来的,肯定都会成为所有人的话题。没多久,他就会回到赌桌上,还会带上自己的亲戚朋友,一堆堆摞得高高的塑料筹码在头脑中跳舞,所有人都梦想着能拥有一辆跑车。赌场老板很快就能把买车的钱赢回去,而且还会赚上很多很多钱,足可以给自己再买一个车队。

莉莉和艾瑞克就陷入了这样一家新开的赌场的陷阱,那家店开业之后就引起了讨论。他们并不是只设立了一个大奖,而是设定了一系列奖品,莉莉去批发商那里买东西的时候听说了这件事情。她在唐人街已经成了一个名人,她觉得自己应该过去看看这家新开的赌场到底有什么了不起的地方。

一天晚上,在把龙凤餐厅收拾好后,艾瑞克开车载着莉莉和梅布尔去了曼彻斯特,想狂欢一夜。梅布尔过去从来都没有赌过钱,而艾瑞克和莉莉只是偶尔玩两手,所以他们都没有什么经验。在赌场大厅内,他们受到了热烈的欢迎,其中的气氛让人兴奋激动——赌场的四面八方都有人赢钱。

起初,梅布尔只敢去玩玩老虎机。童年时期贫穷的记忆依然鲜活地刻在她的脑海中——她知道钱的价值,知道他们为了家中那栋小房子贷了多少款。她说第一天晚上她输了15英镑,不过这并不算什么,因为当时这个小小的家日子过得红红火火。

他们又去了第二回,梅布尔赢回来了那15英镑,还又多赢了一些——据说总计有400英镑,收钱的时候,她高兴得大声笑了起来。她用这笔钱给自己买了几件漂亮的新衣服,然后将大部分的钱投进了龙凤餐厅。下一个周五,艾瑞克又带她去了赌场,拿剩下的一点钱来做赌注,跟她保证说她肯定手气很好。

从此,赌场成了周五晚上的固定节目。他们会带着一种透着焦急的好情绪支撑过餐厅的晚班,一直都数着时间,直到应付走最后一个食客,便从衣钩上抓起外套,匆匆奔入夜色中,开始固定的节目。他们都辛苦工作,不去赌场还有什么娱乐呢?难道坐在无聊狭小的屋子中大眼瞪小眼?

他们会在第二天早晨回家,因为赢了钱而喜气洋洋,攥着大把赢来的钱,支撑着他们熬过下一个星期,直到下一次外出。莉莉也开始大方了一些，她觉得过去几十年中沉重的负担开始慢慢变轻了。她已经对艾瑞克敞开了怀抱,真正地欢迎他加入自己的家庭,仿佛感受到了一丝那种在香港家道衰落之前曾经拥有的幸福。梅布尔看着这一切非常开心，她很高兴看到莉莉和艾瑞克两个人能够合得来。

不可避免，好运不会一直持续，赌场开始将付出的钱攫取回去，莉莉和艾瑞克开始了连续输钱。梅布尔不再去了，她更愿意留在家中，但是她没有办法阻止丈夫和母亲每周一次去碰运气，希望能撞到大运。

莉莉和艾瑞克来不及清理龙凤餐厅餐桌上的脏盘子，就赶着出门了。周复一周，他们慢慢失去了对生意的热情，心思全都转移到了赌场之上。他们不只在周五去赌场，其他时间也会去，试试那稍纵即逝的好运气。

先是艾瑞克把他准备在英国安身立命的钱输掉了——那是他在香港一点一滴存了很多年的，在赌桌上只几个小时就都不见了。常常，一个星期的所有收入在一夕之间就进了赌场的保险柜；随之，一个月的全部收入也一瞬不见了。但是在莉莉和艾瑞克看来，这不过是意味着他们需要赢回来的钱多了一些而已。

并不是只有他们这样。有很多广为流传的故事，讲的都是一些人开头为了乐子，为了见见朋友去赌场，但最后却落得家破人亡，钱财散尽——就像那些撞到大运、赢了大钱的故事一样，这些故事也广为流传，引起了梅布尔的关注。

她从十几岁的时候就开始负责餐厅的账目，能很清楚地看出来变化。赌场把餐厅的利润都吸走了，而现在又开始将餐厅的资本吸走。她试图和莉莉谈谈这件事情，但莉莉却置若罔闻。她也没有办法说服艾瑞克。艾瑞克和莉莉开始在赌场一直待到打烊，摸上一局又一局的麻将，或是看着小小的塑料球在轮盘上转来转去。有些时候，他们也会玩几把扑克，但是没有什么用。他们一直在输钱。

龙凤餐厅的生意依然非常好，莉莉的咖喱鸡依然吸引着顾客，常客们经常来光顾，而新客人也会慢慢变成常客。莉莉和艾瑞克都会整天工作，然后再开车去曼彻斯特，赌上好几个钟头，再开车回来，睡上一小会儿，就起来去采购食材，准备午餐供应。

白天的时候，为了维持精力，他们要喝掉一大杯又一大杯的咖啡，而到了晚上，在赌场里，肾上腺素则让他们精神奕奕。他们情绪波动起伏不定，梅布尔开始害怕。赢上一笔钱，莉莉就会变得不可一世；艾瑞克也会变成她不认识的人，成为一个夸夸其谈、爱献殷勤的人，给梅布尔买很奢侈的礼物。

每次他们输钱，抑郁气氛就会维持好几天。艾瑞克一言不发，会因为微不足道的事情勃然大怒，会因为自己的坏运气而责怪每一点小麻烦。他就像僵尸一样站在厨房当中，等待着在赌场当中再度复活。

而每一次，拉一把椅子坐在麻将桌边，或是摸一把扑克牌，莉莉就会输上一大笔。莉莉就是赌场行内人所说的"大头"——钱多，手松。当初，她凭着坚定的决心度过了做阿妈的日子，支撑过了龙凤餐厅初创时的光景，而现在，她却坚信很快她就会走运，就能把钱从赌场赢回来。而当她意识到她失去的都是什么时，她却加大了赌注。

当我劝妈妈跟我讲讲那段日子时，我能看出来她的畏怯。莉莉和艾瑞克完全没有意识到是赌场一直在赢钱。心里的冲动告诉他们的是，他们会赢上一大笔钱，会一直赢钱，这只不过是时间早晚而已。我几乎无法相信为什么两个聪明人会因为如此简单的事情而堕落，但我自己不是赌徒，不明白他们的心思。

莉莉和艾瑞克开始注意到了，餐厅的财务状况变得越来越糟糕。不过他们依然没有办法离开麻将桌，只是觉得他们需要多拿一些流动资金到赌桌上，好去赢一大把钱，说不准下一次就会赢。起初，他们跟放债人借每周经营需要的成本，然后他们越借越多，用房子和外卖店做了抵押。

当然，高利贷那里很容易借到钱。不需要填任何形式的表格，也不需要计算信用等级，只是在几个月后，利息会高得上天，而催款来得又快又频。当一户家庭逾期付款，高利贷不会去寻求法律途径，看看他们是否真的破产了。他们会无情地催逼压榨，他们会眼睛都不眨一下地用刀剁下欠债的人的手指，或是毁坏他的财产。你不能改变主意不借钱了，你不能逾期还债，你没有多余的时间。通常，这些人也都是中国人，但他们并不会因此对剥削自己的同胞有什么不忍。

梅布尔意识到自己怀孕的时候，她心里五味杂陈。她要和一个她爱的男人生下一个孩子，但是艾瑞克不再是当初她嫁的那个人了，而这个新生儿意味着她没有别的选择，只能继续和这个"陌生人"在一起，尽管他会将他们都拖入贫穷的深渊。我好奇她是否知道她的母亲在多年以前，在得知自己怀了阿冰之后，也有过相同的感受。

当梅布尔宣布这个消息的时候，莉莉尽管深陷赌局，依然非常惊喜非常开心。而对于艾瑞克，这个消息则像一声惊雷，将他从恍惚迷蒙中震醒。即将成为父亲的念头，盖过了在赌场时的兴奋冲动——那几个月中的第一次，他清楚地意识到自己在做些什么，还有那些不断增加的欠债的数字到底意味着什么。

妈妈说，爸爸那时进入了生命中最黑暗的时期。他意识到了自己的情绪波动，明白了自己所犯的错误。他开始解决龙凤餐厅账目上的欠款和贷款，他开始将自己从赌场中拔出来。他毫不留情地切断了和赌场中朋友的所有联系。

如果遇到一个赌场的朋友，他会尴尬地说些寒暄的闲话，然后尽量不显得无礼地马上离开。要是他们问发生了什么事情，他会提到孩子，说他有很多事情要做，要收拾房子。

实际上，他是在和赌瘾抗争，他用最痛苦的方式来处理这一切，让这一切戛然而止，然后以锐利的目光盯紧自己。他变得闷闷不乐，越来越不合群，过去低沉的情绪还偶尔会因为从赌场中赢了一些小钱回来而一时高涨，现在则是一直低落。他很为自己的表现羞愧，总是独自抱头坐着，心里回想着自己过去做的事情——过去的夸夸其谈，对梅布尔的厉声指责，肆意挥霍的钱。他发誓说他宁愿自己死，也不愿意看到新生的宝宝挨饿。他来英国，可不是为了过和在湾仔时一样失败的生活，而是为了开创美好的未来。

在龙凤餐厅打烊之后，他花了很长的时间静坐思考，想要坦然地面对自己的所作所为，最后他赢了这场内心的战争。现在，除了每周买一次的彩票以外，他已经有将近二十五年没有赌过钱了。我所了解的父亲，从来都没有踏足过赌场，而且还总是警告我们不要赌博。他威胁我们，只要抓到我们出现在赌博的地方，他就会用各种恐怖的手段来惩罚我们。

他的所作所为非常了不起，但不足以挽救龙凤餐厅。因为没有艾瑞克一起去赌场，一起去共同面对情绪的起落，莉莉的赌瘾也暂时不发作了。有一天，梅布尔让他们两个人都坐下来，解释说，他们已经没有钱支付员工的薪水了。而且他们必须偿还高利贷——他们不敢冒任何风险，那些债主们收不到应得的利息，肯定会有各种可怕的惩罚。

首先，他们卖掉了在伯里和布莱克本的外卖店，然后卖掉了艾瑞克的车，以及大部分的家具和多余的厨房设备，不过并没有什么用。最后，龙凤餐厅也不得不卖掉。莉莉和梅布尔都痛哭着面对这一切。莉莉所有的积蓄都没有了，她艰辛地付出一切，最后落得一无所有。在罗便臣道的岁月，和孩子分隔两地的日子，龙凤餐厅开业初期的疲惫和孤立——一切付出都化作云烟。一切都失去得太简单了。如果他们的结局就是在这个离家几千里的寒冷的北方小镇上，困在一间空荡荡的厨房中，那么，这一切付出又是为了什么？

莉莉觉得自己就如同梦游一般与律师、测量员们商讨，而他们则将她短命王国的血肉骨头挑出来。对莉莉而言，尤其雪上加霜的是，艾瑞克和梅布尔已经决定要开自己的店，不再受莉莉控制，尽管他们的家庭关系都非常好，但是他们都因为过去的事情而不安。艾瑞克觉得赌场的事情上有部分责任在莉莉，而莉莉则因为要失去女儿而难过和伤心。他们开始分道扬镳，走上各自的道路。把高利贷的债都还完之后，他们的钱已经所剩无几，莉莉用这些钱，在距离老餐厅十分钟路程的地方开了一家新的外卖店，不过那里是镇子不太好的区域。

莉莉是个园艺能手。龙凤餐厅楼上的房间还没收拾好的时候，她已经在屋子后面开辟出一片菜园。独自去接收这片新产业时，她打开前门，穿过邋遢的空屋子，直接走向了后门。她知道，必须给屋子来个大扫除和重新刷一遍油漆。

她打开后门，发现自己盯着的是一片冰冷的灰色空地。整个院子都铺了水泥，什么都种不了。院子的三面都是高高的砖墙，第四面是满是灰尘的房子。在后墙外是一家工厂。莉莉站在台阶上，不禁哭了起来。

她又孤身一人了。她几乎没有钱了，亚瑟和梅布尔都离开了家，决心离开她独立生活。她觉得，一想到必须要干的那些活，她的肌肉就阵阵酸痛——她要刷洗，要搬运米口袋，要用冰冷的水洗菜，然后切菜,要长时间地站在厨房里面,要工作到深夜。再一次从山脚重新开始攀爬,并不是那么容易的事情。

然而,莉莉还是做到了。她给这家外卖餐厅也起名叫"龙凤",希望能够凤凰涅槃,浴火重生。她有独特的配方,有坚毅的精神,还有忠实的客人。新龙凤被她经营得很成功,尽管一直都没有恢复到第一家餐厅的辉煌和效益,但是这家店一直支撑着她。她工作到1993年,七十五岁的高龄方才退休,而这家店帮她存下了一笔可观的养老金。她创造了很多,尽管她并不是自己的连锁餐厅的首脑,她还是让孩子们都过上了更好的生活,让他们有饭吃,有衣穿,受到了良好的教育。她从废墟中一路拼搏,她为孩子们的成功打下了最初的根基——她将接力棒传给了下一代人。

艾瑞克也是白手起家,不过他不敢冒任何风险,因为他和梅布尔也决定开一家外卖店。如果开一家卖炸鱼和薯条的店兼做外卖生意,那么成本只是开一家新餐厅的三分之一,然而利润却差不多。

20世纪60年代末,中餐只有堂食餐厅,顾客坐下来,有服务生招待。但美国的快餐连锁店传播过来,使整个行业发生了巨变,餐厅也不得不随之改变。70年代,像龙凤那样成功的餐厅都开了专门的外卖柜台,而很多小餐馆晚上停止营业时,就会变成一家有一间等候室、菜单挂在墙上的精简外卖店。

在我爸爸看来,这种经营模式是最完美的——规模小,家庭拥有并经营,费用成本压缩到最低。他有厨师——他自己,有服务员——我妈妈,而这就足够了。他转遍米德尔顿,想开一家小小的薯条店,最后在距离龙凤餐厅步行二十分钟路程的米尔斯山路上找到了合适的店面。

他在香港的家人借给了他一小笔钱,让他付了房租,他带着妈妈搬了过去,住在店面的楼上。妈妈当时的肚子已经非常大了。这是他们婚后第一次拥有了属于自己的空间。他卷起袖子,准备为了自己、妻子和即将出生的孩子而奋斗。上有老,下有小,对两代人的责任加在一起非常吓人,不过他根本没有时间去考虑这些。

妈妈研究菜单,列出每周采购所需的清单。我只能依靠猜测,想象她从龙凤餐厅搬出来,搬到一家偏僻的薯条店,到底是何感受。不过,我猜,她应该知道怎样都比破产好。至少艾瑞克把注意力都放在了他们的未来上,他们有了家,可以迎接孩子的出生。

那家店现在依然开着,就在米德尔顿一条窄窄的路上,路两边是那种典型的连排房屋。那里是我们姐弟长大的地方。妈妈现在依然在那里工作,不过她和爸爸都得了关节炎,觉得营业时间太长,他们的关节承受不了。不过他们一直都开着那家店,却不是始终都营业,在一周中最忙的周五和周六两天,他们会关门休息。这种做法令其他的店主困惑不解,不过他们觉得很好。

每当有人提议彻底关掉那家店时,梅布尔总是会大笑着说,如果留在家里整天呆坐着,看着艾瑞克,她会发疯的,不过我觉得原因不仅如此。他们都为他们在那建立的店铺和家庭而骄傲,而且店里有些常客,每周都会过来,就如同时钟一样准时出现,点固定的食物。

有些顾客来我们家的店买东西吃超过四十年了。经历过梅布尔的怀孕和艾瑞克的赌瘾,我觉得我的父母一直都深信当地人对"莉家"的感情非常深厚。外婆在这片地区广结良缘,一代代的米德尔顿人都热爱她的招牌菜咖喱鸡。她赢来的这种忠诚,传及了女儿和女婿。

当地人都很怀念老龙凤餐厅,因此,当他们得知这家薯条店也会供应莉莉的咖喱鸡时,便蜂拥而来,等待着装在铝盘子中的热腾腾的加了椰肉的炖菜。梅布尔和艾瑞克跟莉莉新开的外卖店一起分享了龙凤餐厅的老客人,但很快也有了自己的熟客。妈妈会写下他们点的菜,蹒跚地走到厨房里,大声告诉爸爸。人们问她孕期过得好不好,有时候会送一些亲手编织的袜子或是毛衣,说是送给宝宝的礼物。

妈妈依然努力去照顾那些顾客。当有年老的熟客去世，她会送去鲜花。每年圣诞节，她从来不忘买些酒和巧克力送给所有关系亲密的顾客，即便她自己并没有多少钱。对我妈妈来说，因为这些人的钱，我们自己的餐桌才能够一年到头每天都有食物，那么至少在圣诞节，我们可以向他们表达一下谢意。

她在和爸爸每年一次外出度假一周的时候，会提前为顾客们存下咖喱，并形成了一项传统。每个圣诞节，她都会煮出一大锅咖喱，分装在特百惠的小罐子里面，然后附上如何在家中加热的说明，给大家送去。这成了米德尔顿圣诞节前的一项准备活动——每年你都可以看到在店门口外排的大长队，等着买咖喱。英国各地的人都会赶来买咖喱，有人甚至专门从西班牙慕名而来。

说回他们外卖店刚开的日子，爸爸和妈妈很明智，把精力都投到了顾客身上——但是他们并不知道他们需要多少的善意和钱。

梅布尔生产的时候，出现了一个惊喜。在最后一次产检的时候，只能看到丽莎，而我藏在了她身后，甚至医生都没有想到梅布尔怀的是双胞胎。1977年10月13日，妈妈在距离曼彻斯特八英里远的皇家奥尔德姆医院生下了丽莎，而我在两分钟之后来到了这个世界。

可以带两个婴儿回家，而不是一个，爸爸妈妈大喜过望，震惊不已。妈妈发誓说双胞胎肯定更好照顾，因为我可以照顾丽莎，丽莎也能照顾我。我哭的时候，丽莎就会探手过来哄我。我们住同一间房，睡同一张床，长大一些后我们在同一张桌子上写作业。在学校里我们也形影不离，有着双胞胎与生俱来的亲密。

1979年妹妹珍妮特出生，1981年弟弟吉米出生。丽莎和我本来一直是家中的老大，是最重要的孩子，但是吉米出生后，他成了父母的骄傲和欢乐，仅仅因为他是个男孩。他会承载家族的姓氏，而这是至关重要的。即便我当时只是个四岁的孩子，也感受到了不公。我真的觉得相当惊讶，女人为了家庭贡献了那么多的劳动和智慧，为什么还要如此重男轻女？甚至是我妈妈，尽管期待我们所有孩子都能够幸福，与米德尔顿的人能和睦相处，但她依然会不自觉地对弟弟另眼相看。

无论男孩还是女孩，我们在家族生意中的成长过程，和我们的父母以及他们的父母是差不多的——这就是一种生活方式，我们都不知道还有其他的生活方式。我所知道的，就是我们生活在餐厅楼上，吃着餐厅里的东西，在餐厅中干活。除此再无其他。

星期天是休息日，我们要么去一家中餐厅吃一顿全家饭；要么去朋友的店里，这样父母就能和他们的朋友们谈论生意如何，该怎么提高收入。他们曾经差一点就一无所有，因而一直都兢兢业业，很难将注意力从工作上挪开哪怕一秒钟。

爸爸格外沉迷于工作,他在为人父母方面非常传统。他的外号叫"谢将军",尽管他从来都没有参过军,从我们很小的时候,他就是纪律的象征。他相信男人不用看孩子,尽管当我们从学校拿着好的成绩单回家的时候,他称我们为"他的孩子",但是当我们表现不佳的时候,我们就成了妈妈的孩子。我们的父亲严格庄重,母亲和蔼体贴。

在家里出现纷争的时候,我们总是站在妈妈那边。是她送我们去学校,陪我们做作业,给我们讲故事,引导我们面对日常生活中出现的所有小问题和小脾气。爸爸几乎很少停止工作,根本没有时间留意到家里发生的事情,当他这么做的时候,他唯一感兴趣的就是跟我们谈论我们能继承的东西。

他愿意花时间告诉我们的东西,都有着非常严重的教育倾向,他通常都是用中文讲给我们的。而妈妈通常对我们讲英语,强迫我们用英语思维,但是爸爸总是跟我们讲广东话。他试图传达给我们中国文化的价值,我们是怎么来到英国的,那些传统和民间故事为什么也是我们生活的一部分。

从很小的时候,我们就在厨房里帮着准备食物,给爸爸打杂。长大一些,身高比柜台高了以后,我们写完作业后就负责包装薯条和收银。孩子去做成人的工作，听起来可能非常苦，不过对我们来说，这不过就和家务活差不多，就和你们每天早上要自己叠被子一样。活必须要干，没有人可以逃过自己的差事。

再后来，我们又升级了，开始负责给洋葱剥皮，并切出山一样多的量。洋葱刺激眼睛，我们总是不停抹泪。另外，我们还要准备一桶桶的土豆。这些做完之后，父亲会奖励我们在厨房上一堂烹饪快速培训课。我、姐妹们，还有弟弟，边看边学他如何配置甜酸酱，很快我们就都将其铭记在心。

甚至当我大学毕业后，在伦敦找了一份全职工作，家里人还是期望我能够在假期的时候回家帮忙。我们很小的时候就学会了同时处理很多事情，知道要写完家庭作业，安排好社交生活，把时间留出来，应付周五下午茶的高峰——这时候，米德尔顿的所有人似乎都决定吃上一餐炸鱼晚餐或是咖喱鸡犒赏一下自己。

不过，能成为同学和朋友的免费薯条的提供者，那感觉真不错，这是我们变得受人欢迎的一种方式，而且是一种快速方式！而现在当我以一个成年人的眼光回望这一切，我很感激当时在店里帮忙的那些经历，这让我在商业经营的起跑线上领先一步。在小型商家的店面里干活，是非常宝贵的经验，我从中明白：无论你经营的是什么规模的产业，要想成功需要付出多少，要有多么坚定的决心。

学校生活很好，而且父母也鼓励我要刻苦学习。我们是镇上唯一的中国家庭，不过这并没有阻止我们交朋友和好好学习。好成绩很轻松就能获得，我知道父母会为我赢得的每一个A的成绩骄傲——他们从来都没有告诉我不要立志高远，尽管我是个女孩。

读完中学的六年级之后，我进了剑桥，成了家中第一个上大学的人。我选择了学习法律，我知道爸爸曾经为此无比自豪，现在依然。知道自己的一个孩子将来能当律师，让他感到过去所有艰苦工作的岁月都有了价值。

我大学毕业的时候，爸爸妈妈驾驶一辆崭新的红色轿车来参加毕业典礼，这车是爸爸为此专门买的。在我充满感情的眼中，他们走在校园里那些古老的塔楼和滴水兽中间显得格格不入，有些滑稽，不过他们一点都不在乎。那是我第一次看到父亲眼泪打转的样子。

作为一个在英国的中国人，并没有什么困难。我们被看作认真工作、遵守法律的安静人群，只顾自己的生活，按时缴税。有时候，我们觉得自己就像是隐形的少数人，雷达都看不到。我希望我们能够拥有两个世界好的一面——在融入英国的同时能保留中国的价值观，这价值观在我们所有的行动中都有所体现。

而作为在英国长大的中国女人，姐妹们和我讨论过很多我们一直都在思考的问题：我们到底是什么人？我们该如何融入这个国家？我们都有过感觉自己似乎没有根的时刻在不停地游荡。

我们通过食物，感受到了中国血液的慰藉和自信。我依然会向姐妹们寻求帮助，参考她们的建议。在结束工作后，我们围坐在厨房的桌子边，手里端着一杯咖啡，欢声笑语，分享这一天中发生的故事，这种情形并不稀奇。我们一路成长，各自进入大学，在伦敦、香港单独生活和工作，我还是深深爱着我的家人，喜欢我们家庭生活中的那种亲密感。我们全都非常与众不同。

我经常认为丽莎、珍妮特和我是一个整体的三个组成部分，每个人都为了整体的成功贡献属于我们自己的力量。我们都天生具有创造性，不过，丽莎擅长组织统筹，珍妮特负责社交，而我则是乐观积极的动力。我们是一个非常完美的组合。尽管我知道，有一天我们会结婚，过上自己的生活，但是此刻，我非常珍惜我们还在一起的时光。

十几岁的时候，我们姐弟四人一直都认为我们也许可以同时实现父母的梦想和我们自己的梦想——我们上学，练习管弦乐，在店里帮忙，一心想着朋友们和考试结果，忙个不停——而现在，当我了解了家族中几代人的故事，我懂得，这就是我们应该做的。

有些梦想，莉莉在几十年前就憧憬着，我希望他们看到我们实现了其中一些。莉莉希望能在经济、社会地位和学识方面，都与欧洲人平等。而我们姐弟四个上了大学，我相信莉莉、梅布尔和艾瑞克会认为我们刚好实现了这个梦想。20 世纪 20 年代初，梁庆昌在广州城外的村庄中立志要移走的大山，如今已经不见了。

第十章 罗汉斋

中国香港　2002
中国广州　2003

三个臭皮匠，顶个诸葛亮。

当我告诉家人我得到了一个去香港工作半年的机会时，他们全都喜出望外。父亲一直都建议我应该找时间去香港旅行，他很担心我会忘了自己真正的根。大家的激动溢于言表，于是所有人都认为，应该在我的工作开始前，全家人一起去和我共度几个星期。

我们做了计划，把这次旅行变成了一次少有的全家共度的假期，三代人一起回到故土，去看看我们的根源。不出所料，旅行计划如同滚雪球一般加大，很快变成了一项大工程。妈妈订了航班，外婆开始联系旧日的朋友和亲戚，而我则负责研究住宿。

说实话，我很高兴大家一起同行。能去另一个地方生活，我很激动，但过去我从来都没有离家这么远过，更别说是要生活在地球的另一边了。我也知道这对我父母来说意义有多重大，这是他们近二十年中第一次放下店铺休长假。不过，我们必须提前把一些事情安排好——有一个老问题再次抬头。

爸爸的目光总是离不开生意，他问我们哪个准备留下来，在他离开的这几个星期里负责薯条店的运营。我们都吃惊地看着他，感觉他真是疯了。我们都知道他应该放一个假，但是没有道理让我们牺牲自己的假期来帮助他实现，于是我们就这么直截了当地告诉了他。

可怜的爸爸困惑不解，而且感觉受到了伤害。最后，是我投降，向他道歉，试图跟他解释我们的立场。我不想在假期还没开始前就因为一次愚蠢的争吵毁了假期。他有些理解我们的想法了，不过他依然因为我们强烈的反应而震惊。我觉得他并没有意识到我们对于薯条店的复杂感受，也没有看到我们已经为薯条店付出了很多本应属于自己的时间。

最终，尽管有争吵，香港之旅依然是我们全家一起做过的最美妙的事情之一。对我父母来说，这是一个全面审视他们的生活的机会。我希望他们能够看清楚，实际上他们并没有远离过去的生活，尽管他们开创了全新的生活，实现了梦想的舒适和富足。

不过，最激动的那个人是外婆。对她来说，在她下了离开香港那个至关重要的决定的四十多年后，有机会再回去，是一个圆满的轮回。回到香港,也能够兑现一些昔日的承诺,放下一些心魔。而且,对她来说,这也是一个去验证她的抉择是否正确的机会。

这本书的种子也是在那里种下的。那个时候,我们姐妹都开始了解到我们过去都怀着很深的怨念的薯条店,到底经历了如何漫长而艰辛的路途。我们看到我们的父母和莉莉留在身后的东西,看到他们来到英国时都经历了什么才变成现在的他们。我们将家族故事和传闻拼凑起来,发现了关于外婆和妈妈所经历的生命的大部分真相,而厨艺和对食物的热爱,是始终贯穿在其中的。我生命中第一次,因家人所取得的成就,他们历经艰辛的生存能力,而对他们产生了深深的敬意。

在香港我们住在文华东方酒店,因为祖父曾经在那里当过厨师。我们几乎只用了一代人的时间,就从厨房中的劳工变成了五星豪华房间的座上宾,这让我们有点小骄傲。抵港的那天,我们到得很晚,一入住就直接上床睡觉去倒时差了。第二天早上,我们醒来,看到的是一个熙攘繁华、精彩纷呈的大都市。

第一次上街,突显了两种文化、两个国家之间的巨大差距。我们一家人在人行道上站成一排,目瞪口呆,格格不入。妈妈穿的T恤衫上印着"我迷失在香港"的字样——这就是当时我们所有人的感受。

酒店里的空调冷气十足，我们穿着夏装觉得很冷，但是户外的热度和湿度都让我们无法招架，一个个全都大汗淋漓。爸爸炫耀着他的橘色百慕大短裤——这是他的度假装。吉米的七分裤下面露出的小腿肌肉鼓鼓的，很快引得一伙儿女孩咯咯笑着指指点点。

我们的样子就像是一伙儿去参加狂人高尔夫球赛的选手，而香港本地人则穿着精致毫无瑕疵，紧握手机四处漫步。甚至有穿着两件套羊毛衫的女人，这真的让我困惑不解，要知道我此刻正因为柏油马路上蒸腾的热浪而热得头昏脑涨。我真不明白在这样闷热的上午艳阳中怎么会有人穿的不是最薄的衣服呢。

和周围的人一比，我觉得自己就像是身处小人国中的格列佛一般，巨大而笨拙。很显然，尽管我们有中国血脉，对中国的语言和食物有所了解，但是我们的穿着打扮和香港本地人截然不同。

我们走到地下，几乎又立刻无助地迷失了。这里和伦敦的地铁截然不同。伦敦的地铁里，列车脏兮兮的，开起来咣咣作响。但是香港的地下世界纤尘不染，高效运转，所有地方都有空调，挤满了茶室和时装店。这里既是运输系统，也是一个会友的地点。

我们计划前往知名的旺角女人街，那里有几十家店铺和摊位，卖盗版的名牌手提包、各种首饰以及时髦的冒牌 T 恤衫，但还没到那里，我们就又遇到了一次文化冲击。

我们试图搞明白站台上的地铁路线图，有两个妇女背对着我们，在用粤语聊天，所以爸爸便问她们，我们是不是该在那里等车。她们转过身来，两个人都是印度人。她们跟我们说，没错，在这里我们会等到正确的车。但我们却惊得哑口无言，差点忘了跟她们道谢。

在曼彻斯特，我们习惯了看到各个种族的人讲英语，但不知道怎么回事，轮到他们讲中文，因为我们的先入之见，我们既觉得很神奇，又感觉十分吃惊。

假期剩下的时间都是这样的基调。外婆和我父母已经有三十多年没有回香港了，这里的变化令他们震惊不已。他们几乎已经认不出来昔日居住的街道。老旧的棚屋建筑已经被拆除，取而代之的是六十层的高楼。即便是香港和九龙之间的海，也被渐渐地填上了，建上了更高耸的公寓楼。过海的旅行，在他们那个年代需要半小时，而现在只用十分钟。城市在膨胀的同时也缩小了。

他们在英国最低落的时候，考虑过回香港来——我爸爸妈妈甚至有过一个模糊的计划，想退休后回到这里生活——但他们发现自己走在正午阳光的酷暑之中，整个人都快化了，然后又被一场毫无预兆的热带倾盆疾雨淋得透湿，很快就放弃了那个想法。爸爸妈妈都感冒了，并因此有了永久性的偏头疼，根本无法适应这里的气候。

对于回香港的事情，莉莉没有评价太多。我们没有见到她，她是家里唯一一个没有住在文华东方酒店的人。她去了自己女儿家中做客。她去寻找她自己内心的幽灵了。

根据她和李太太在差不多半个世纪前达成的协议，她可以和阿冰保持联系。在过去那些年中，莉莉从来都没有忘记过她，每年圣诞节和她的生日都会记得她，莉莉从英国给她寄明信片、信件和小礼物。小时候吸引我注意力的那个皱皱的红色信封，只是她们那些年诸多通信中的一封而已。

她总是把阿冰寄来的圣诞卡摆在壁炉台中央非常显眼的位置，摆一整年，直到第二年新的圣诞卡寄过来。时不时地，莉莉还会收到一张阿冰和她家人的照片，她总是视若珍宝，给照片镶框，放在她的卧室里，就在床头。

很容易就看得出来，外婆有多么懊悔当年失去最小的女儿，她有多珍惜有关女儿的回忆。电话费越来越便宜，她们两个经常打电话，但是这并不能代替面对面，她们也无法仅仅通过电话就能真切地表达出心中的爱和失落。

关于对这次做客的期待，莉莉讷口少言，而她也不会过多提及她和阿冰之间的聊天，但是我知道，她在她们分开的这些年中，一直都在和心中的愧疚纠缠。她想把尽可能多的时间用来陪陪女儿，过去她不得不遗弃了女儿，而现在绝不该回避她们必须要进行的对话了。

有一天下午，我打电话到阿冰家问莉莉当天晚上是不是有空跟我们吃晚饭时，得知莉莉正在睡下午觉。情绪激动和天气让她有些不舒服。接我电话的人就是我的姨妈阿冰。当她意识到她是在和一个从来都不认识的外甥女说话时，立刻就大哭了起来。尽管经过了这么多年，她心中那种被遗弃的感觉依然十分强烈。

吉米、丽莎、珍妮特和我改变了对待父母的策略。我们留在香港的时间越久，就感觉胆子越大，希望了解的也更多，所以我们把旅游指南扔到一边，去了过去这些年中莉莉偶尔跟我们提及过的地方。我们穿过窄小的巷子，那里是好几代穷人的家，人们住在屋顶用铁皮胡乱拼在一起的肮脏破败的房子里，在外面的人行道上卖衣服、玩具和食物。每个人都知道这些巷道很快就会被拆掉，建起崭新奢华的公寓大楼，让现在的租户无家可归。

我们搭乘公交车去往太平山顶，那是半个世纪前莉莉工作的地方，我们从那里眺望着海港。夜晚的空气凉爽下来，城市就铺展在我们眼前，街灯和千万盏长长的霓虹灯标志牌就像一条条的线，将城市串联在一起。从远处看，这座城市非常美丽，也不再那么让人难以招架。

我们本来一直都计划要带莉莉去广州附近她出生的那个小村庄，不过她自己有点犹豫不决。她和阿冰在一起非常开心，但是每天也很累，而且她跟我说，她不肯定自己是否能够应对回到一个有那么多回忆纠缠的地方——好的回忆，坏的回忆，都交织着。

在我们留在香港的最后一个星期日，我们聚集了香港的所有亲戚朋友，一起吃传统点心。那天是莉莉八十五岁的生日，是一个真正团聚的良机。有四十多人齐聚一堂，围在一起吃饭，阿冰和她的丈夫还有孩子也都出席了。阿冰的长相和莉莉非常相似，我看到她的时候，都感觉喉头一紧。她和莉莉都长着非常与众不同的鼻子，鼻尖微微翘起，鼻孔有点大——在一个陌生人脸上看到熟悉的特征，这种感觉有点怪，即便知道她是我妈妈的妹妹，感觉也有点怪怪的。全家人聚在一起，这个夜晚，我们觉得自己彻底融入了香港的生活。我们都很骄傲地向莉莉敬酒。

看着外婆的脸红了，回应着一声又一声的干杯，我想到了广州城外的那个小村庄，想到了外婆年幼时离开那里应该是个什么样子。我更加想去看看那个地方，对这个整个故事的起点充满了好奇。幸运的是，这一次聚餐也令莉莉兴致高涨，她宣布说，还是想回村里去看看。

自从 1997 年香港回归之后，从香港到内地之间的往返，变得前所未有的便捷。我们乘坐火车一路向北,回到了村中,似乎还算及时。有一句中国老话,叫"天高皇帝远",在我们回莉莉的出生地的旅途中,这句话一直在我脑子里面打转。

在我看来,这句话解释了这里的乡村为什么会被革新和现代化给忽略了。这里是远东真正的奇迹,距离香港的高科技和摩天大楼仿佛有几光年的距离。在这之前我从来都没有见识过真正的中国,而此刻,它就从特快火车的车窗外掠过。只用了两个小时,我们就走过了梁庆昌当年乘坐缓慢的、一路突突轰鸣的渡船多次穿越的距离。

乡村已经成了广州的郊区,如今的广州城已膨胀成伦敦那么大的庞然大都市,也有着严重的空气污染。我们下了火车,找到酒店,酒店周围都是大商场和有很多车道的高速路。我们在那里租了一辆车去村里,大家都很沉默,想着我们可能会见到什么,思索着那个村庄对我们家的意义。当我们终于驶出广州,路上汽车和喇叭的声音渐渐变小,开始听得清我们这辆破旧、污秽的小巴车的引擎声,还有蟋蟀的叫声。

在一个前不着村后不着店的地方,小巴车突然冒出一团煤油味的黑烟,停了下来,我们都从车上下来,想着接下来该怎么走。就在几码远的地方,一座满是尘土的水泥桥横跨在一条干枯的河床上。

司机指了指那座桥，带着浓重的乡音咕哝了几句，只有莉莉听懂了他说的话。莉莉走在前面，我们跟着走向司机指的方向，跨过了桥。

一群孩子顺着一条土路跑到桥边，他们身上只穿着短裤，皮肤上有一层泥，当他们走近，发现我们是陌生人之后，就叫着停下了脚步。我们穿着T恤衫、牛仔裤、耐克运动鞋，尴尬地犹豫不决，我们感觉自己像是穿了太空衣一样奇怪。只有外婆没有苦恼，她走到孩子中间，给他们分了一些硬糖，便和他们攀谈了起来。

我们跟着外婆和她的新朋友走进村子，路上我们的脚都踩在泥地上，还向下陷。我们看到的建筑群都非常原始，最高的是两层的，房子正面刷着水泥，没有装饰。街上没有街灯，没有指示牌。我们过去从来都没有见过这样的地方。妈妈甚至紧张地抓住了外婆的胳膊，仿佛自己又变成了一个小女孩。她出生在香港，是一个城里的孩子，从来都没有来过自己母亲的出生地。

"跟着我，"外婆镇定自若，"我觉得是这么走。"我们听话地跟在她身后，没有人说话，但是我们的脸上肯定写满了恐惧。这里是一个截然不同的中国，丝毫没有上海、北京和广州的那种亮丽光鲜。

我们在村里唯一的街道上走着，一个穿着中西混搭的中年女人从一栋房子里走出来，跟我们打招呼。她解释说她是我们的姨妈，会带我们逛村子。她和莉莉拥抱在一起，两个人亲昵得仿佛昨天畅聊过一般,事实上真的是这样的。这又是莉莉没跟我们讲的事情——她为这次重返过去的旅程做了一些安排。

我磕磕巴巴的广东话现在水平提高了不少,不过我依然对听懂这位姨妈说的话不抱一丝希望。我礼貌地对着她微笑,听她和莉莉说话,领着莉莉穿过房屋。丽莎用胳膊捅了捅我,我大声问道:"她在说什么,外婆?"莉莉停下来,转身看着我们。

"她问我是否记得这个地方。我说,记不太清楚了。我觉得对这里很熟悉,但又感觉像是在做梦。"

我点点头,她的这种陌生感令我有些吃惊。外婆接着说道:"她还说,我不用担心,这里什么都没变,阿妙在等着我们呢。"

然后,莉莉又和姨妈聊了起来。我们都吃惊地面面相觑,然后吉米说,如果我的所有问题都会得到这么奇怪的答案,那么也许我还是应该保持安静。我们一致地点了点头。

在老旧的房屋中间,干燥的黄色街道格外寂静。这里平静得令人不可置信,这里没有汽车,没有摩托车,没有自行车,没有铃声。只有几只瘦弱的小鸡和几只脏兮兮的小狗在街巷中觅食。

我们听到了几声叫声,拐过一个弯,来到一个小广场,发现所有村民都聚集在那里,正观看一场武术比赛。而在人群之外,一个不起眼的角落,有两个人正在下象棋,他们的木头棋盘放在一张摇摇晃晃的桌子上。在他们对面,有一个年老的剃头匠,身穿褐色丝绸睡衣,坐在塑料凳子上,等着生意上门。从一栋房子里隐约飘出了缝纫机低沉的声音。

这个村子有一种独特的别致。我肯定现在的村子也是经历过发展的,那么它在 20 世纪 20 年代会是什么样的呢?外婆又是怎么在那样的环境中活下来的呢?她说这里一切没变的时候我真的相信——这里真的没有变化!我新认识的姨妈说,现在没有人依靠种地为生了。经历过那么多变革,古老的农业体系再也没有办法如前了。

在广场的另一边,是一个干了的湖,湖边矗立着一栋小小的传统祠堂。我们走入其中,一个接一个地拈香拜祖先,然后叽里咕哝地跪在了地上。一个个子小小、瘦弱不堪的老妇人从祠堂后门进来,蹒跚地走向莉莉。

她的眼眶中含着泪水,紧紧抓住外婆的手,嘴里咕哝着。莉莉也紧紧地握住了她的手。这个身形瘦弱的老妇人是莉莉的小妹妹阿妙。阿妙嫁给了一个从广东到香港的大学教授,在 20 世纪 50 年代回到了内地,定居于家乡的小村子。她的姐姐们要么移民出国,要么还留在香港,她和她们断了联系。她的身形几乎只有姐姐的一半,虽然比莉莉小好几岁,但看起来却比莉莉老很多,看着她这个样子,我真的觉得有些难过。

阿妙的情绪并没有完全失控,她笑得十分灿烂,示意我们所有人都跟着她。我们出了祠堂往回走,来到位于广场边的一栋低矮的小房子,穿过一道厚厚的布门帘,就挤到了屋里。这屋子太小了,我们身处其中,感觉自己又像是巨人一样。屋里有些昏暗,我们都眨着眼睛,想尽快适应。

在墙上挂着一张镶在破旧的相框中已经有些褪色的黑白照片。照片中是一个男人,长着和我妈妈一样的高颧骨和黑眼睛,脸上的表情我曾经在外婆的脸上见过好多好多次。外婆微笑着,指着照片,说:"我父亲。"简单,直接。

这里是阿妙家,也是外婆出生、长大的地方。这里就是梁庆昌开始筹划酱油生意的地方,也是1925年他和太婆带着六个女儿离开的地方。这里似乎根本没有办法承载那么多。仿佛过去七十多年的光阴全都浓缩到了这个空荡荡的房间中——香港、曼彻斯特、广州,一切都是眨眼间便过去了。

阿妙咋咋呼呼地招待我们,让她的女儿——也就是我们新认识的姨妈——摆弄角落的一个小煤气炉,烧水泡茶。她活力四射,抱怨个不停,手舞足蹈地咕哝了五分钟,确认我们都坐好了,莉莉便斥责了她几句,她立刻安静下来,自己落了座。半个世纪过去,真的一切没有变——似乎,姐姐总是最清楚一切。

茶递到了大家手上,阿妙满是皱纹的脸上又露出一个大大的笑容。我也冲着她笑,眼睛望着她的眼睛。我根本不认识这个女人。我甚至不知道外婆在这里还有个妹妹,我不知道能跟她说什么,但是我依然对她充满好奇。其他人都离开了,而她却回到了这里,忍受过贫穷的岁月和各种变迁,此刻依然露着灿烂的笑容。

莉莉必须时不时地停下来给双方做翻译,聊天进行得非常不顺畅,但我们依然聊了一整个下午。我们认识了阿妙的孩子和孙子,了解到他们在做什么。不断有村民过来,喝上一杯茶,看看阿妙从英国来的亲戚,问上些问题。我们还谈了天气,这真是很奇怪,不过我觉我们家在英国待的时间太久了。

夜幕降临,阿妙带我们出去,走到房子后面,领我们去看她的小菜园,那里有一个自家建造的温室大棚。她依然亲自劳作,从中收获甜玉米、胡萝卜、竹笋、芥蓝和蘑菇。她保证说,她要为我们的晚餐摘下最甜美的食物。

回到房中,她拿出一口足有她两倍大的锅,往里面倒了一些油。油温渐热,滋滋作响,她用两只手掌控着锅,开始烧菜。她炒了大蒜,蒜香味飘满房间,然后她加入蔬菜,她以一种锻炼过几十年的技巧,将蔬菜一点点撕碎,加入锅中。

阿妙做饭的时候，莉莉走到锅边给她帮忙，她们一起做饭，就像是在一起舞蹈，彼此完全了解另一个人会有什么动作，配合得天衣无缝，仿佛昨天她们还一起做过饭一样。

阿妙又加了一些菜、一点盐和一些细香葱，之后又加了少量酱油和胡椒粉。然后她将菜分开装进用煮熟的土豆做成的篮子状的底盘中。我们非常熟悉这道菜——罗汉斋，梅布尔和莉莉给我们做过无数次。莉莉和她的妹妹肯定都是从她们母亲那里学会的，而我们一直都非常好奇这道菜到底是怎么来的。

在吃饭之前，小屋中的气氛非常郑重拘谨。姐妹俩上一次见面是在四十多年前，她们有太多话想说，而打破她们之间的沟通障碍的，是做饭。在过去这些年中，她们分隔两地，阿妙在这个小村子中，而莉莉则生活在曼彻斯特的另一个世界中，但烹饪是可以跨越漫长岁月的语言。锅将她们联结在一起。她们向我们献上了家中最爱的一道菜，而我想，她们中的一个人，也许两个人，都流下了泪水。

晚餐开始，屋子里挤进了很多村里人和亲戚，爸爸拿出了一瓶他带过来的青梅酒。沉默地坐了那么长时间，我拼命地想找些沟通的方式——我希望能够表示出我们不再觉得这些慷慨的人是陌生人。我端起酒杯祝酒："外婆，妙姨婆，干杯！妈妈，爸爸，干杯！"

我给他们的杯中倒满青梅酒。"丽莎，珍妮特，吉米，干杯！"我开心地说道。那一天，我们歌颂生命，我希望我们向两位老妇人表达出了自己的敬意。我们敬未来，以及希望支撑野心的力量。现在，我真正明白了莉莉和梅布尔创造出了什么，我也梦想着，希望她们为我骄傲。

我们又搭乘租来的小巴回广州，很多人来跟我们道别。莉莉也在其中——她要留下来和妹妹一起住些日子。小巴发动后，我试图想象如果我自己和姐妹们分开如此长时间会是什么情形，但却想不出来。如果不能和她们分享我的感受、眼泪和成功，我真的没有办法忍受。莉莉和阿妙肯定有很多事情要聊。

第二天清晨，我在酒店干净凉爽的被子中醒来。昨日的村庄之行似乎是一段令人难以置信的冒险。我们姐妹三个决定在广州多待几天，努力多感受一下，看看我们是不是能在这里找到自我。

我们去给英国的朋友们买礼物，很快便意识到，广州的商场似乎没有办法提供任何真正有中国特色的东西。每家商店都塞满了我能够在曼彻斯特买到的商品。这里还有很多国际知名连锁店的分店，完全和你在西方世界看到的一模一样。

在广州购物中心，我们常能看到中国新兴富豪的孩子们，坐在知名咖啡厅露天座位上，吃着冰淇淋，喝着卡布奇诺，这些东西的价钱，可能抵得上莉莉家乡的村子里全家人的一顿饭钱。我真想知道是不是西式的生活方式也侵入了中国的饮食文化，人们怎么会容许这样的事情发生。

在 20 世纪前，中国闭关锁国，全球都发生了重大变化，但中国却没有跟上，对于追赶上世界的脚步的重要性半信半疑、摇摆不定，中国更愿意走自己的路。但最近几代却发生了天翻地覆的变革，中国展现出了对知识的真正渴求和发展的欲望。

后来，领导人制定了新的发展政策。像深圳这样的大城市是从小渔村发展而来的，没有任何的传统建筑，工厂和发电站却如雨后春笋。正如有句话说的，旧的不去，新的不来。

广州和香港城区的扩张，让我看到了中国的城市也能和西方的城市一样高度世界化，而回外婆家乡的旅途，让我看到那里平静的生活，让我意识到在中国也有很多地方邻居们会顺路来问声好，然后就留下来一起吃饭。好客的品性没有地域限制。我相信那里才是能找到中国传统的地方。

尽管历经岁月和各种变革，古老中国的很多东西依然被保留了下来，而我八十五岁的外婆回到那里，依然可以感觉是回到了家中。甚至有一些过去的传统文化也毫无保留地重新出现了。风水师父依然帮助人们选择婚礼的吉日,就如同梁庆昌和太婆的那个时代。在新年的时候,人们依然会燃放烟花爆竹,驱逐恶灵,人们也依然会吃腊肠来庆祝节日。在福建省和广东省,很多年轻人依然继续用简单的茶叶来占卜,就如同昔日肥周在珠江边上的餐馆里做的一样。

第十一章 甜甜

英国曼彻斯特
2003—

前人栽树，后人乘凉。

从香港归来六个月后，我和丽莎、珍妮特姐妹三人正式把开中餐厅的计划提上日程。我们一直都说要合伙开店，即便我们选择了不同的职业，也总是抱着这样的一种想法：工作中学到的技能可以用在开办我们的中餐厅上。那次旅行给了我们行动的动力，也给了我们很多启发。

在米德尔顿，在我们父母的家里，我们围坐在厨房的桌子前，刚享用完一顿丰盛的砂煲鸡配香米饭。丽莎开玩笑地讲起过去我们在外卖餐厅的趣事，回忆着我们躲在柜台下面玩捉迷藏的事情。也正是在这时，我们坚定了一个念头：我们准备好了。没有什么能阻止我们实现梦想的脚步。

我们有资金，因为我们工作生涯的每一份工资都被小心翼翼地存起来或者用作投资，如今我们已经快三十岁了。经验也有了——毕竟我们也算打小就在餐饮行业工作了。十一岁的时候，我和妹妹们就能做出餐厅菜单上的所有菜品了，而且比起在外面玩耍，我们烹饪的热情更高。现在我们既有能力掌勺，也有能力培养自己的厨师。我们时常回忆起过去在学校，本应当做苹果派的我们却炒起了菜，并因此受到了责备，这画面至今仍然历历在目，而这也正是我们所要分享的故事，个中滋味只有我们能体会。我能预见到这会是我们成功的密钥。

我们姐妹三人都很认同两件事情。

第一，如果我们因为钱或者谁来管事儿而发生争执的话，我们的整个计划就毫无意义了。这并不值得牺牲我们姐妹间的感情。我们早已毫无保留地信任彼此，并且十分明白我们都想要齐心协力把事情做好，而不是把时间浪费在一些心不在焉、乏味无趣的事情上。

第二，我们下定决心，我们创立的这家餐厅，要能够清楚地表明我们是谁以及我们来自何方——我们是 21 世纪的英籍华人。中餐是我们家族和文化的传承，是我们的热情所在，我们想展示它最原汁原味的魅力，并且让人们重新审视和品味中餐。

多年来，中餐给人的印象一直都是廉价的外卖和放了大把味精的浓稠汤汁，要不就是超市货架上灌装的速食炒菜。我们家所做的中餐菜品绝不是那样。为了纪念那两位把我们带到这个世界上的女人，我们想要推出莉莉的咖喱鸡、梅布尔砂煲鸡和罗汉斋这些菜品。这些菜值得被介绍给新一代人，其做法值得被传承下去。

和英国商业街上的中餐厅大不相同，我们在香港见到的中餐厅是那么精致而现代，紧跟潮流。甜甜——我们新开的中餐厅的中文名字——一定是一个新旧的融合。在英国第一波开中餐厅的浪潮中，外婆和我父母正是其中的先行者，也正是他们奠定了甜甜的基础。正是在这样的基础上，我们才有了他们那辈人难以想象的雄心壮志。

我们要证明的有很多。我们的父母和外婆起初对此很不乐意。他们不明白，难道他们在这个行业辛辛苦苦这么久，终于眼见着我们进入大学，获得学位，毫不费力地开启了职业生涯，就是为了让我们再丢掉获得的一切，重新回到中餐行业？我想他们曾经怀疑过，认为我们小看了这一行，吃不了这个苦。他们也曾劝我们打消这个念头，直到我们拿下了餐厅的永久业权，他们才开始认真对待我们——也正是这个时候，他们开始退居二线了。

我们开始了行动。丽莎卖掉了她在伦敦的招聘咨询公司，搬到了曼彻斯特，成了甜甜的主心骨。她鼓励我和珍妮特放开手脚，让我们中餐厅的计划成为一个真正有挑战性的事业，同时她还在研究菜单，丰富菜品。

我没有辞掉工作，但是我把业余时间的每一分钟都用在了打理财务工作上——筹集资金，充分利用我们的每一分钱以及按时缴纳税款。像我妈妈在龙凤餐厅一样，我要负责我们新餐厅的结算工作，同时还要负责我们前期的市场宣传策略。外婆开龙凤餐厅的时候，没有做任何宣传或者在当地的报纸上打广告，她做的仅仅是用心做菜和合理定价，这在当时就已经足够了。

我们将这些基本原则牢记于心，但同时也明白现在面对的市场和20世纪50年代的米德尔顿已经大不相同。曼彻斯特是一个繁华的大都市，这里有来自世界各地的美食，人们可以吃到符合自己口味的菜品。为了产生一定的影响力，我们必须保证我们餐厅从一开始就具有一定的知名度，并且能不断吸引新的客人尝试我们的菜品。我想了很多主意——品酒会、公司餐饮服务、特色菜单和各种主题日活动。我们甚至还和当地的模特公司组织了"亚洲小姐宝贝"的比赛，为亚军团队提供在我们餐厅做服务员的机会。

珍妮特放弃了电子工程师的工作，呼朋唤友，投入到餐厅的准备工作中。她的朋友们到市中心逛形形色色的酒吧，去各种各样的餐厅感受氛围，在反馈给珍妮特之前，他们脑中关于甜甜可以尝试什么，应该避免什么，已经有了上百个想法。珍妮特要负责所有的前台工作，接待食客并确保他们能享受到好的服务。

当初也正是珍妮特坚信我们找到了最佳的位置，她苦口婆心地说服我和丽莎完成了小山般的文书工作，买下了永久业权。这里位于曼彻斯特北角，是一栋有几百个房间的公寓楼的底商，当时还只是一个光秃秃的水泥盒子。

北角处于曼彻斯特市区改造计划的前线，这里的咖喱店破破烂烂，即将倒闭，中间混杂着些有机食品店、成人用品店以及一些雅皮士复式公寓。这里是史密斯菲尔德鱼市的所在地。几十年来，外婆和妈妈都在这里为她们的顾客和家人采办货品、甄选鲜鱼。

充满活力和熙熙攘攘的氛围恰恰表明这里的经济正在发展，而周围商店的定价水平并不高，居民还有能力承担更高的消费。这正是我们想要的，我们没有必要在唐人街开一家没特色的中餐厅——我们想尝试新的东西，因此我们需要一个新的地方。

尽管这里正好坐落于商业街的中间位置，但这个地方曾经是一个停车场，现在已经多年无人问津了。餐厅楼上的公寓，现在叫"设计之家"，很多BBC和格拉纳达电视台暂时派遣到曼彻斯特工作的员工都住在里面。我们在店门口就有很多潜在客户。

我们雇了一个建筑师，珍妮特派出的"间谍"在曼彻斯特最好的酒吧里看到了他的作品，赞不绝口。这位建筑师在四周时间内把简陋的灰顶水泥房改造得焕然一新,两面墙也被替换成了巨大的玻璃窗。然后我们用风水知识设计餐厅的内部,想要实现一种平衡和谐的感觉,给顾客的精神和肠胃都带来最大程度的享受。我们在后墙上挂了一幅巨大的照片,上面是几片小草,被放大到橡树那么大,我们不知道太婆看到后会怎么理解,我想表达的是汉语中的"生机"——一种强大、活跃的生命力。

我们在墙面上安装了槽纹木板,展现了餐厅北欧式的简装风格。我们在等待区还放置了两个巨大的红色皮革沙发。考虑到这个地方有许多工作繁忙的年轻人,我们也提供外卖服务。我们希望我们的餐厅就像最开始的龙凤餐厅和我父母的外卖餐厅一样,能成为一个为当地人服务的地方——人们任何时候进来都能吃到美味佳肴。

当时餐厅的名字还没有确定,我们想让它成为当地社区的一部分,所以想把命名的权利交给社区的居民。我们在当地的报纸和电台上发起了给餐厅命名的活动,被采纳者可以获得一笔现金奖励,这吸引了数千人参与进来。最终,"Sweet Mandarin"这个名字脱颖而出,这太完美了。

"Sweet"在曼彻斯特当地的俚语中可以代表"好"或者"酷",而"Mandarin"则体现了我们的中国基因。想出这个名字的人估计没有想到我们的祖父曾在香港的文华东方酒店(Mandarin Oriental)

工作过。我们找人制作了英文铜字"Sweet Mandarin"以及和"Sweet"对应的中文铜字"甜甜",并把它们固定在了巨幅小草照片旁边的墙上。在曼彻斯特阴暗飘雨的天气里,如果你透过玻璃窗望进来,那些铜字在我们餐厅柔和的光线下,仿佛在散发着温暖的光芒。

我仍然记得餐厅开业那天我心中的激动——并不是晚上街道派对上的舞龙舞狮和焰火表演让我那么激动,而是在 2005 年 10 月的那个早上,在我们打开餐厅门的一刹那。餐厅在前一天正式完工,只用了短短四周时间,但是我们还没有看到餐厅最终的样子——没有油漆匠用的废弃布单、成堆的纸箱和塑料颗粒的样子。

那一天早上的重要性不亚于一千个圣诞节。我从口袋里拿出了闪亮的新钥匙,转向丽莎和珍妮特。"准备好了?"她们点点头,然后我打开了门,我们三个手挽着手一起迈进了大门,我们家族的历史也迈进了新的一章。

从妈妈和外婆那里,我学到很多中国女性在厨房里应有的样子。厨房在一个传统中国家庭中处于核心地位,而"下得厨房"更是一个衡量中国女性贤良淑德的重要指标。

童年最令我难忘的记忆都是有关厨房的——妈妈穿着高跟鞋在厨房走动时发出的嗒嗒声,锅盖被掀起时蒸汽滚滚而出的样子,还有象牙筷子凉凉的触感。无论是家庭作业的烦恼,还是数不清的小挫折，或是错过周五晚上派对的失落感，在我们坐下来吃饭的那一刻，都会烟消云散。

传统厨艺是我们的传家宝，是我们家族谱系最鲜活的传承部分，外婆将其从家乡带来，一直传到我们姐妹手中。妈妈教会了我们基本的厨艺，仿佛那是我们与生俱来的技能。

梅布尔总是说，餐厅的饭菜只是为了取悦人们的味蕾，而母亲做的饭菜则能唤醒你的所有感官。她教会了我烹饪最重要的三件事：品之以神，将菜肴形容得能勾起食客的食欲；品之以眼，菜品的卖相很重要；最后，烹饪之时，投入你的心，全心全意满腔热情地烹饪。无论是做玉盘珍馐还是小菜甜品，妈妈都遵循着这三个原则。

直到现在，我们还喜欢在厨房给妈妈打下手，尤其是做春卷的时候，我们负责把豆芽、胡萝卜丝和小胡瓜包在面里。在稍大一点的家庭聚会上，我们会为大家做酱油茉香蛋炒饭和馄饨。

妈妈还教给我们选购食材的技巧，教会我们怎样才能挑选到市场摊位上最新鲜的蔬菜，她让我们仔细地观察肉贩，看他是怎样挑选肉的里脊部分并切成排条的。在鱼贩那里，她坚持要水箱里还在游动的活鱼。我们还跟着她一起去中国超市，这样我在不知道该买哪种牌子的新调料时就可以请教她了。

外婆仍然保留着以往的生活和烹饪方式。她每个周日都会做酱油鸡、凤爪花生米，还有香菇海带汤。这种汤看起来像是用黑头发和蜘蛛网做的，小时候我们都被这道菜吓坏了，但现在我们很喜欢喝。

我们欣赏外婆的传统烹饪方式，也愿意拥抱英国的文化——这两者并不冲突。我不会把祖先遗留下的东西一概丢弃。对我们来说，中国定义了现在的我们的根。

我不是每天都穿着中国旗袍，也不是每晚都吃中餐。但是，如果我不吃米饭，我的胃总是会告诉我，我其实没吃饱。

去年的圣诞节，我们做了两只火鸡。一只是英式的——用猪肉和鼠尾草做填料，培根裹着小香肠，烤土豆和布鲁塞尔豆芽做配菜。另一只是中式的——用糯米和香菇做填料，放在酱油里炖熟。两只火鸡都很美味。

当我在街上看着我的中国同胞时，我知道我不是孤身一人，现在的华人在英国有了新的身份认同，这都是建立在像我外婆这样的移民努力打拼的基础上的。他们那一代人远赴重洋是为了更好的生活，他们美好的希冀在子孙后代的生活上得到了更好的实现。如今，我们在他们的第二故乡自由生活，享受这个国家的资源和福利。

在那个艰苦的年代，很多脆弱的人都放弃了希望，我很感谢外婆拥有那样的勇气一直坚持了下来。在我的心里，我知道她远比我要坚强。也多亏了外婆，我们家得以熬过生命中那段最艰苦贫困的岁月，享受到了今天的生活。

就像小时候梁庆昌给外婆讲的那个故事一样，外婆生命中的大山已经夷为平地了，取而代之的是一条富裕之路。现在轮到我和姐妹们去挪开我们自己的大山，并且好好利用外婆和梅布尔留给我们的无价之宝了。

如果我们也遭遇了类似的挫折——生活的悲剧、他人的偏见或是艰苦的工作，我希望每次我们都能化险为夷，我也希望我们永远不用做出她们那样的牺牲。

后记

玉不琢,不成器。人不学,不知义。

"这不是世界末日。"妈妈说,将扫帚中的玻璃碎片敲落在冰冷的大理石地板上。她叹了口气,查看着现场的惨状。"至少你们没事,这才是最重要的。"

餐厅一片狼藉。桌子被推到一边,椅子也翻倒了,几个小时前我们精心布置的菜单和餐垫散落得到处都是。酒吧间的货架空空如也,从暗红蛇血酒到特级香槟,所有精心挑选的酒都不翼而飞了。电子收款机、咖啡机和电话的线缆被扯掉了,悬在墙上晃来晃去。

我们餐厅被洗劫一空。小偷们行动利落——他们用一把大锤将餐厅的前玻璃墙砸穿,把店里偷得一干二净,前后不过几分钟时间。警方认为窃贼在丽莎、珍妮特和我锁上餐厅之后五分钟就行动了。他们肯定一直在观望以伺机而动。

就在昨晚，甜甜还宾客盈门、座无虚席，顾客们排着长队等着就餐。餐厅里人声嘈杂，人们欢声笑语，服务员们捧着一盘盘满满的脆皮鸭和四川牛肉来回穿梭。而今晚，夜风透过千疮百孔的玻璃墙，呼呼地吹着，我和姐妹们挤在等待区的一个红色长沙发上。

妈妈带着外婆过来了，此刻她安详地坐在我们对面的沙发上。丽莎、珍妮特和我都感觉糟透了。感觉这些年来，我们为了让餐厅开张并经营下去所付出的辛劳和汗水都付诸东流了。所有的一切都仿佛是在针对我们。

莉莉看了我们好一会儿。

"好啦，孩子们。这里发生了什么？"她问。

"我们被抢了，外婆。"我说。

"我看得出来。"她回答说。她站起来，静静地走过餐厅，眼睛盯着地板上玻璃碎片的痕迹以及散落各处的被践踏过的菜单。她转过身，走向红色的沙发，坐在我旁边，摇了摇头。

"有时候，很难相信任何人。"她说道，话语中饱含悲伤和生活的沧桑。

我耸了耸肩。"我就是不明白。为什么是我们？我们做错了什么？"

"他们想要什么，就千方百计要拿到手，"她严肃地回答，"他们不会在乎你的感受，你也不能改变这一切。"

"我真不明白你怎么还能这么冷静。"

"冷静?"她笑了,"当你到了我这个年纪,你就不会再问为什么会发生这种事情,而是会学会接受它们。"

我看了看外婆,想起了有关她的故事——有关梁庆昌和太婆的往事,郭展和她的英国之旅,关于龙凤餐厅的事,还有她人生中多次排除万难、东山再起的故事。这次抢劫只是她人生故事中的一个小插曲,不论我喜欢与否,这个故事都会在我和我的姐妹们之中延续下去。

"我猜,这不过是发生在我们家的一件普通事件罢了,是不是,莉莉?"我最后说道,"有些时候,我们真不明白我们到底是被眷顾还是被诅咒了。"

"哦,海伦,这个问题不难回答,"她说,"我们是被眷顾的!被深深地眷顾着的。"

突如其来的抢劫对我来说有些难以承受,所以我哭了。我是如此无助,又觉得自己愚不可及。我们怎么会相信我们可以自己经营一家餐厅?看到妈妈勇敢地清扫着这一切,我哭得更凶了。丽莎和珍妮特也开始抽泣,我们穿着大衣,围着围巾,坐成一排,放声大哭。

我泪眼蒙眬,抬头看了看莉莉,惊讶地发现她也在哭。我用胳膊肘推了推丽莎。我们都像中学女生一般号啕大哭。这是怎样的光景！我们是怎样的"女强人组合"啊？ 这一切都太荒唐了，我和丽莎目光相接，她向外婆扮了一个鬼脸，莉莉看到这，忍不住笑了，我们一个个也都不由自主地笑了起来。

妈妈将簸箕放在桌子上，从柜台取来一沓餐巾，坐在八十七岁的外婆身边，此刻外婆泪中带笑。妈妈递给我们每人一条餐巾来擦干眼泪。她笑了——妈妈的脸上挂着大大的笑容，两边脸颊绽出深深的酒窝——我知道莉莉是对的，这不是世界末日。

"我也经历过这样的抢劫，知道吗？"妈妈说。我们疑惑地互相看着。这倒是闻所未闻。

"我不知道。"珍妮特说。

"你怎么会知道？那时你还没有出生呢。"她转向外婆，"是不是，妈妈？"外婆点了点头，补充道："海伦和丽莎那时才一岁。"

妈妈把餐巾折成一个小正方形，一如既往地，像以前给我们讲述家族的故事一样，用她那抒情的嗓音给我们道出了事情的来龙去脉。

"实际上,我们当时去给你们双胞胎买生日蛋糕。我们锁了店铺，开车到十五分钟车程外的面包店。当我们回来的时候……窃贼已经洗劫了整个店铺。"

"他们拿走了什么？"我问。

"所有东西！"她说，"甚至偷走了重型保险箱和我的护照！"

"这些强盗，"外婆莉莉咕哝道，"他们很清楚他们的所作所为。"

"他们在外面待了一段时间，而我们什么也没意识到。"妈妈继续说，"他们穿着连衫裤工作服，假装是工人，但他们一直都在窥视着店里。我们只离开了差不多半个小时，就被偷了那么多。你们能想象我们有多震惊吗？邻居们看到了这些人，但他们甚至没有意识到发生了什么，因为他们看起来像是真正的工人——他们甚至能厚着脸皮向你问好！"

"幸好你一年后才出生，"外婆指的是珍妮特，"他们甚至把双胞胎的尿布全偷走了，要不然我们都不知道怎么照顾你。"

"妈妈，我们不知道这事儿。"我说。

"好吧，日子该过还得过，"她耸了耸肩，"就直接说吧，我知道你们有多难过。"她又转向莉莉。"你能记得我有多难过，是不是？"

外婆点了点头。

"我根本忘不了。你哭了两天！"外婆露出狡黠的笑容，"我以为你会一直哭下去呢！"

"是的，真是难以置信，"妈妈总结道，"我以为一切都毁了。"

"那你后来做了什么？"

"我做的正是你们几个女孩子应该做的。"

丽莎、珍妮特和我，我们三个人面面相觑，一头雾水。外婆叹了口气，眼里闪过一丝怒意。她向那个生了这些不可救药的女孩的女儿摇了摇头，然后她又笑了起来，好像这个谜的答案是显而易见的。她把双手举向空中。

"做菜，服务你的顾客！像往常一样，明天继续开门，好好做生意，服务大众。这就是我们所做的。"

"她说得对，"我母亲说，"但你们要先做些别的事。"

"做什么？"我问。

妈妈笑着指着我背后。

"修理窗户。"

致谢

中国有句古话,"书中自有黄金屋",如果没有我伟大的外婆莉莉、我美丽的母亲梅布尔、我的姐妹丽莎和珍妮特的帮助,这本书难以写就。我也要感谢我的父亲,他一直支持着我们,还有我的弟弟吉米。

感谢埃伯瑞出版公司的团队,特别是汉娜·麦克唐纳、夏洛特·科尔、苏珊娜·佛利斯特、卡罗琳·纽伯里、大卫·帕里什、亚历克斯·杨以及梅勒妮·雅克。感谢杰西卡·伍拉德,你是出版界的一颗明珠,感谢你对我的信任,你的热情,还有你的不懈努力。欣然,感谢你的支持和睿智之言。最后,我要感谢为手稿润色的克里斯·马丁。

我还要感谢全世界所有邀请我的学校和大学,感谢你们让我与下一代进行对话,并将这本书作为英国和亚洲研究课程的一部分。

图书在版编目（CIP）数据

莉莉的梦想——甜甜 /（英）海伦·谢著；王秀莉译. —北京：线装书局，2020.9
ISBN 978-7-5120-3754-0

Ⅰ.①莉… Ⅱ.①海…②王… Ⅲ.①纪实小说-英国-现代 Ⅳ.①I561.45

中国版本图书馆CIP数据核字（2020）第123842号

著作权合同登记号　图字：10-2017-485号

莉莉的梦想——甜甜

作　　者：	[英] 海伦·谢
译　　者：	王秀莉
责任编辑：	李　媛　李春艳
出版发行：	线装书局
	地　址：北京市丰台区方庄日月天地大厦B座17层（100078）
	电　话：010-58077126（发行部）010-58076938（总编室）
	网　址：www.zgxzsj.com
经　销：	新华书店
印　制：	北京天恒嘉业印刷有限公司
开　本：	890mm×1240mm　1/16
印　张：	17.25
字　数：	148千字
版　次：	2020年9月第1版第1次印刷
印　数：	0001—5000册
定　价：	39.80元

线装书局官方微信